让日常阅读成为砍向我们内心冰封大海的斧头。

不便的便利店

불편한 편의점

[韩]金浩然 著

朱萱 译

浙江教育出版社·杭州

目 录

001　第一章　"山珍海味"便当

045　第二章　极品中的极品

079　第三章　三角饭团的用途

105　第四章　买一赠一

131　第五章　不便的便利店

163　第六章　四罐一万块

193　第七章　虽然是下架商品,但还能吃

227　第八章　ALWAYS

271　致谢

第一章

——

"山珍海味"
便当

当廉英淑女士发现手提包里的收纳包不见时，列车已经行驶到平泽市附近了。问题是她怎么也想不起来在哪儿弄丢了收纳包。丢东西还是其次，让她忧心忡忡的是自己那越来越差的记性。她绞尽脑汁地回忆自己都去了哪儿，不知不觉间出了一头冷汗。

在首尔站购买KTX高速列车票时，收纳包肯定还在。因为要从钱包里取出银行卡才能买票，而钱包就装在收纳包里。买完票后，廉女士就坐在候车室的电视机前，看了半个多小时的24小时新闻频道。上车后，她抱着手提包睡了一会儿，醒来时一切都还是原样。直到方才，她打开手提包拿手机，才发现里头的收纳包不见了。一想到钱包、存折、记事本这些最重要的个人物品都在收纳包里，她就倒抽了一口凉气。

廉女士的大脑飞快地运转着，如同这趟飞速疾驰的列车一般。她极力在脑海中回忆，仿佛连窗外一闪而过的风景也要全部想起来似的。廉女士沉浸在自己的思绪里,又是自言自语,又是抖腿。一旁的中年男子忍不住干咳了一声。

但打断她思绪的并不是这咳嗽声,而是从包里传来的手机铃声。那是阿巴乐队的歌,歌名却想不起来了。是 *Chiquitita*,还是 *Dancing Queen*?……哎呀,准希啊,看来外婆真的是老年痴呆了。

廉女士颤抖着手从包里掏出手机,终于想起了歌名叫 Thank You for the Music。手机上显示的是一个"02"开头的陌生号码。她深吸一口气,接起电话:

"喂,您好?"

对方没有应答,但听电话那头的嘈杂音像是在公共场所。

"请问是哪位?"

"您是廉……英淑……吗?"

对面瓮声瓮气、含混不清的声音,不像是人类发出的,更像是一头熊结束冬眠后,从洞穴出来时发出的第一声嘶吼。

"是,请问有什么事吗?"

"钱包……"

"啊,是您捡到了我的钱包吗?您在哪儿?"

"……首尔。"

"首尔哪里?请问是首尔站吗?"

"对,首尔……站。"

她把手机拿开一些,长舒了一口气,然后清了清嗓子说:

"谢谢您帮我找回钱包,但我现在在列车上,等到了下一站,我就下车赶回去。您能暂时帮我保管一下,或者寄存在什么地方吗?见面后我会酬谢您的。"

"我就在这儿……也没……别处可去。"

"是吗?好的,那我们在首尔站哪儿碰面呢?"

"机……机场快线方向的……GS便利店。"

"谢谢,我尽快赶过去。"

"不用……着急。"

"好的,谢谢。"

电话挂断后,廉女士说不上来是什么心情。因为电话那头的声音就像动物的一样,说起话来还口齿不清,几乎能确定对方就是一个流浪汉。关键还是他那句"也没……别处可去",以及一看就是公共电话的"02"号码,这些迹象都表明了他肯定是一个没有手机的流浪汉。廉女士的心情一刻也无法放松,尽管对方已经说了会归还钱包,她依然感到不放心,生怕对方还会提出别的要求来。

不过,既然对方好意打来电话说要归还钱包,应该也不至于会害人。酬金的话,把钱包里的四万块[1]现金拿给他应该足够了。这时,列车里正好响起了即将到达天安站的广播,廉女士把手机塞回包里,从座位上站了起来。

---

1 译注:约合人民币220元(1000韩币约合人民币5.5元)。

当返回首尔的列车经过水原时,手机铃声再次响起来。Thank You for the Music 的歌词就像预防老年痴呆似的,一直在循环播放。来电显示还是方才的号码。廉女士按捺住内心的不安,接起电话。

"……是我。"

电话里传来男子拘拘儒儒的声音。廉女士就像面对正在狡辩的学生那样,加重了几分语气道:

"请说。"

"那个……老师[1],我肚子饿了……"

"所以呢?"

"我可以买份……便利店的……便、便当吗?"

廉女士的心里顿时泛起一丝温热,她能感觉到"老师"这个称呼和"便当"两个字让自己变得宽容了些。

"好的,您去买吧,光吃饭容易口干,您再买瓶饮料就着喝吧。"

"谢、谢谢。"

电话刚挂没多久,手机上就传来了结账付款的短信通知。这速度快得让人怀疑他打电话时已经站在便利店的收银台前了。看他这么饥饿,廉女士更加肯定,他就是一个在首尔站里称王称霸,和遍地的鸽子称兄道弟的流浪汉。她仔细看了看短信上的内容:GS 朴赞浩[2]Too Much 便当,4900 韩元。没买饮料,看来脸皮也还不算太厚,

---

[1] 编注:韩语为선생님,直译为老师,也表示对地位高的人的敬称。
[2] 译注:韩国棒球运动员。

廉女士想道。本来还有点儿不放心，犹豫着要不要找个人一块儿过去，但现在她决定只身前往。尽管她已经七十岁了，还有点儿疑似老年痴呆的症状，但她依然选择相信自己的威严。直到从讲台上退下来，她都不曾向谁屈服过，面对形形色色的学生从来都是堂堂正正的，所以她决定相信自己。

到了首尔站之后，一出来就能看见机场快线方向的手扶梯。乘坐电梯下来，右前方就是一家GS便利店，那个声音像熊一样的男子就坐在那门口，正缩成一团埋头吃着便当。廉女士慢慢走近后，男子的样子越来越清晰，她的神经不禁再次紧绷起来。男子一头长发，像拖把布一样结成了团，身上只穿了件单薄的运动外套，脏兮兮的裤子已经分辨不出是米色还是棕色了。他正在非常认真地用筷子夹着便当里的脆皮肠。果然是个流浪汉。廉女士稳了稳心神，朝男子走去。

可就在这时，三个陌生男子突然冲向正在吃便当的男子。受到惊吓的廉女士只好停下脚步。显然，这三个像鬣狗般的男子也是流浪汉。他们把拿着便当的男子按倒在地，拼了命地想抢夺什么东西。廉女士环顾四周，急得直跺脚，却没有人愿意停下来劝阻，都以为是流浪汉们之间寻常的斗殴，用余光瞟了两眼就走了。

男子的便当掉到了地上。为了抵御围攻，他把自己蜷缩成一团，可还是被那些家伙勒住了脖子……强行掰开了双臂……护在怀里的东西最终还是被他们抢走了。这一幕恰好被焦急的廉女士看在眼里。那些家伙抢走的，不正是自己那个粉色的收纳包吗！

三个流浪汉朝男子踹了几脚，想把他甩掉后离开这里。廉女士手脚发抖，惊慌失措地瘫坐在地上。这时男子重新站了起来，朝抢走收纳包的那个家伙冲了过去。

"啊啊——"

伴随着一声怪叫，男子抓住那个家伙的腿，把对方摔了个四脚朝天，然后趁机按在那家伙的身上，试图把收纳包夺回来。其他两个流浪汉见状，也迅速扑了上去。这让廉女士顿时怒火冲天，她猛地站起来，朝他们冲了过去，脖颈上露出了青筋。

"你们这些家伙！还不放下那个包！！"

廉女士的叫喊声和架势让几个流浪汉住了手。她冲上前，举起手提包，劈头盖脸地砸向离她最近的流浪汉。听见"嗷"的一声惨叫后，其他两人也纷纷站起来，开始向后倒退。

"小偷！偷我的钱包！！你们这群小偷！！"

廉女士的尖叫声引来不少围观的路人，几个流浪汉开始掉头逃窜，只剩下便当男子抱着收纳包蜷缩在原地。廉女士走到男子身旁。

"你没事吧？"

男子抬头望向廉女士。他的眼皮被打得瘀肿，鼻涕里夹杂着鼻血，嘴唇被胡子遮盖，看上去就像一个出去打猎时受了伤的原始人。他缓缓坐直身子，似乎才意识到围攻自己的家伙们已经走了。廉女士拿出手帕，在男子面前蹲了下来。

流浪汉身上那股特有的酸臭味顿时扑鼻而来，令人作呕。廉女士屏住呼吸，把手帕递给男子。但男子摇摇头，用外套袖子擦了擦鼻子。廉女士一边担心男子会把鼻涕蹭到自己的收纳包上，一边又对这样的自己反感不已。

"你真的没事吗？"

男子点点头，细细打量起廉女士来。那眼神让廉女士感到不安，有片刻甚至让她以为自己做错了什么，她只想赶紧离开。对，是时候该向他要回自己的收纳包了。

"谢谢你帮我保管那个包。"

男子用右手抽出夹在左臂下的收纳包，递给廉女士。可正当廉女士准备接过来时，他又把手缩了回去，重新揣回自己怀里。他细细地端详起廉女士，然后打开收纳包。

"你在干什么？"

"钱包……真是您的吗？"

"当然是我的，不然我怎么会在这儿？刚才是我和你通电话的，你不记得了吗？"

男子毫无根据的怀疑让廉女士越发来气。男子没做任何回应，自顾自地翻着收纳包。他从里头找到钱包后，掏出一张身份证。

"身份证号……"

"啊？你这是当我在说谎呢？"

"得确认清楚……我有责任要归还、还给……主人。"

"上面不是有我的照片嘛,你自己比对比对。"

男子眨巴着瘀肿的眼睛,看看身份证,又看看廉女士。

"和照片……长得不像。"

一脸荒唐的廉女士不禁咂起舌来,甚至都顾不上生气了。

"很久、很久了,这照片。"男子补充道。

照片确实是很久以前拍的了,但也应该认得出来才对啊!或许正好从侧面说明了男子的健康状态不太好,眼神有问题。难不成她真的已经老到认不出来了吗?

"哎",廉女士发出一声短叹,对男子一字一字地报出了自己的身份证号。

"520725-×××××××,行了吧?"

"没、没错。得确认清楚……对吧?"

男子的眼神似乎在寻求对方的同意。他把身份证放回钱包之后,塞入收纳包里还给了廉女士。廉女士拿到收纳包,这才觉得一颗心落定了,对男子的感激之情也开始涌了上来。无论是为了守住收纳包导致自己被其他流浪汉打伤,还是为了把收纳包物归原主、认认真真地核实信息,要是没有一点儿责任心的话,都是做不到这种程度的。

这时男子吃力地站了起来。廉女士也连忙起身,从钱包里掏出四万块现金。

"这个你拿着。"

看见递过来的钱,男子显得有些犹疑。

"收下吧。"

男子没有伸手去接现金,而是从外衣口袋里掏出一团来历不明的纸。他用那团纸擦了擦鼻血就转身离开了。廉女士握着酬谢金的手尴尬地悬在半空,她看见男子趔趔趄趄地走到便利店门口,在刚才吃便当的地方俯下身子。于是廉女士也跟了上去。

男子在便利店门口看着打翻的便当,自言自语起来,过了会儿还发出一声叹息。一直默默注视着男子背影的廉女士走到男子身旁,弯下腰拍了拍他的背。男子回过头来,廉女士便像安抚受挫的学生那样,对他说道:

"大叔,跟我去个地方吧,怎么样?"

从西部站方向的出口出来后,男子停住了脚步,那样子就像是不愿离开大自然怀抱的食草动物,浑身都在抗拒着登上停在柏油路面上的货车。廉女士催促着朝他招了招手,他才走出了首尔站,一起走向月洞街。男子跟在廉女士身后,保持着几步的距离,廉女士快步经过葛月洞,朝着青坡洞方向一直走。晚秋的银杏从树上掉下来,散发着与男子身上相似的气味。廉女士不由得想,自己怎么会突然把他带出来了呢?

不管怎样,廉女士还是想答谢一下这位拒收酬谢金的男子,一

第一章 "山珍海味"便当　　011

来是感谢他拼了命地捍卫自己的收纳包,二来是想表示一下支持,虽然是个流浪汉,但他做了正确的事情。不得不说这也是职业病的一种体现,廉女士长期站在讲台上,已经习惯了对学生的行为做出相应的反馈。最重要的是,自她出生到现在都是一名教徒,因为流浪汉率先展现了"善良的撒玛利亚人"[1]形象,所以她也想成为一个"善良的撒玛利亚人"。

大约走了十五分钟后,他们穿过了西部站阴暗的后巷,眼前出现一栋简约大气的教会建筑。可能因为前面就是女子大学,街上开始有很多穿着牛仔裤配大衣的女大学生,在一起有说有笑的。因为上电视而走红的小吃店门口排起了长长的队伍。廉女士回头看了看男子,男子正在东张西望,周围的街景让他应接不暇。有的人看见他们后就绕道走开了,也不知道在他们眼里自己和流浪汉的这个组合是怎么样的,廉女士好奇的同时不免又有些紧张,毕竟她就住在青坡洞这一带,而且她的店铺也在这边。

往淑明女子大学方向走的时候,男子像尾巴一样紧紧跟着廉女士。穿过两条小巷,他们来到了一个三岔路口,拐角处有个便利店。那里就是廉女士名下的小商铺,可以给男子提供新的便当。廉女士推开便利店的门,招手示意男子进来,男子有些迟疑,但还是跟着廉女士进了便利店。

---

1 编注:见于基督教文化,形容好心人、见义勇为者。

"欢迎光临！啊，是您来了？"

兼职生诗贤放下手机，笑着向廉女士问好。廉女士也笑了笑，但诗贤的脸上随即露出惊愕的神情。

"没关系，是客人。"

听说是客人后，诗贤看男子的表情变得更加拧巴了。这姑娘还有待修炼哪，廉女士心想。然后拉着男子的手臂，来到摆放便当的货架前。也不知道是已经猜出了廉女士的意图，还是压根就没在想什么，男子只是一言不发地跟着廉女士。

"想吃什么，随便挑吧。"

"？"

"这是我开的便利店，不用有顾虑，尽管挑。"

"那……嗯……欸？"

刚刚还双眼放光的男子突然咧开嘴发起呆来。

"怎么？没有你想吃的吗？"

"没有……朴赞浩……便当……"

"这里不是 GS 便利店，朴赞浩便当要 GS 便利店才有。不过我们这儿也有很多好吃的，你挑挑看吧。"

"……朴赞浩，便当也做得好……"

听男子一直念叨竞争对手家的便当，廉女士略感不耐烦，她抓起一个最大的便当递给男子，说："吃这个吧，'山珍海味'便当，这个好，小菜也多。"

第一章 "山珍海味"便当　　013

男子接过便当，认认真真地数了数小菜的种类，一共十二种。廉女士看见男子在那研究便当，心下想道：你这家伙，对流浪汉来说这算是御膳级别的了。"确认"完便当之后，男子抬起头向廉女士鞠了个躬，然后走向便利店外面的桌子，仿佛那儿是他的专座一样。

绿色的塑料露天桌子很快就成了男子的小餐桌。他像对待贵重物品般打开便当盒，郑重其事地将筷子掰成两半，夹起一口米饭送入口中。廉女士仔细观察了一会儿男子后，转过身去拿了一个杯装的大酱汤到收银台。心领神会的诗贤立马拿起商品扫了扫码，廉女士往大酱汤里倒入热水，拿着勺子走了出去。

"就着这个一块儿吃吧，吃饭还是得配点儿汤水。"

男子看了看大酱汤，又看了看廉女士，勺子也没拿，直接端起来就喝了一大口，他好像都不知道烫似的，咕噜噜地就把大酱汤干掉了一半，接着心满意足地点点头，重新拿起了筷子。

廉女士返回店里，拿纸杯装了一杯水出来，放到了男子旁边。然后在男子对面坐下，看着他吃便当。男子的吃相就像是一只抱着蜜罐吃蜂蜜的熊，也不知道是从冬眠中醒来后饿坏了，还是为了进入冬眠而在摄取营养。不过话说回来，流浪汉不都是吃了上顿没下顿吗？怎么他的块头这么大？或许和穷人的肥胖率高是一个原理吧，廉女士心想。再不然就可能是因为他吃得太急了，所以才那样。

"慢点儿吃，没人跟你抢。"

男子抬头看向廉女士，嘴角沾着泡菜汁。他的眼神不像刚才那般警惕了，表情温顺了许多。

"很好……吃。"

男子看看边上的便当盖，又说：

"真的是山、山珍海味……"

男子没有继续说下去，向廉女士点了点头之后，又捧起了大酱汤。男子的行为已经没有那么慌乱了，看来是填饱肚子后，精神状态都恢复过来了。男子用筷子夹着剩下的炒鱼糕，廉女士看着那样子，一股奇妙的满足感油然而生，男子对剩下那点炒鱼糕的执着，也让她窥探到了生活的崇高意义。

"以后要是饿了，可以随时来这里吃便当。"

男子停下筷子，瞪大眼睛看着廉女士。

"我会和兼职生们都打好招呼，你直接过来吃就行，不用给钱。"

"您是说过、过期的那些吗？"

"不是，新鲜的，为什么要吃过期的？"

"因为兼职生……都是吃过期的。我觉得那些是……最好的。"

"我们便利店不吃过期的食物，兼职生也是，你也是，要吃就吃保质期内的，我会提前跟他们说好。"

男子发了一会儿怔，又一次向廉女士点了点头。接着，他继续吃力地夹他的炒鱼糕，廉女士这才想起要拿勺子给他。可是男子接过勺子时愣了一会儿，那样子就好像大猩猩拿到智能手机似的。不过这就好比骑自行车,学会以后哪怕许久不骑,身体也还是会有记忆的。不消一会儿,他就用勺子把散碎的炒鱼糕拢到一块儿舀了起来,心满意足地送入口中。

男子看了看吃得干干净净的塑料便当盒,抬起头对廉女士说:

"我……吃饱了。谢谢。"

"我才要谢谢你帮我找回收纳包呢。"

"那个……原本在两个家伙手里。"

"两个家伙?"

"嗯……所以我教训了他们一顿,从他们手里抢了过来……就是装着钱包的那个东西……"

"也就是说,你特地又从那些偷我钱包的家伙手中抢了过来?就是为了还给我?"

男子点点头,喝了一口廉女士给他接的水。

"两个人的话……我没问题,但三个人的话……不太行。下次……我再单独教训教训他们。"

说完,男子似乎又想起了方才在首尔站的情形,恨恨地龇了龇牙。发黄的牙齿和牙缝里的辣椒面不免让廉女士蹙起了眉头。但从他炫耀自己能打的那个样子中,廉女士感受到了某种活力,所以也就没有太反感。

喝完纸杯里的水,男子环顾了一下四周,问:

"这儿……是哪里?"

"这儿？青坡洞，青色的山坡。"

"青色……山坡……真好听啊。"

男子浓密的胡须底下露出上扬的嘴角，他拿起便当盒和大酱汤盒站起身来，将它们扔进可回收垃圾箱里，动作看起来很熟练的样子。接着，他回到廉女士的面前坐下，从外衣口袋里又掏出了那团纸来擦嘴。做完这些，男子朝廉女士鞠了个90度的躬便离开了。

男子就像下了班回家一样朝首尔站走去，廉女士默默地注视了一会儿他的背影才回到店里。刚一进去，诗贤就投来好奇的目光，迫不及待地开始问这问那。廉女士便告诉她自己在列车上是如何发现收纳包弄丢了，又是如何发展到刚才那一幕的。听着廉女士的故事，诗贤不禁觉得既惊讶又担心，连连发出"天哪、天哪"的感叹。

"这人有意思，很实在，真难相信他会是一个流浪汉。"

"可我怎么看他都像一个流浪汉啊……您还是快看看钱包里少没少东西吧。"

廉女士打开收纳包确认了一下，一切都还是原样。廉女士冲诗贤笑了，故意也要让她看看。突然间，廉女士似乎想起了什么，从钱包里拿出身份证给诗贤看。

"照片和我不像吗？"

"一样呢，就是多了几根白发，但看上去一点儿也没变老。"

廉女士端详起身份证上的照片来。证件照上的自己看上去确实和现在大不一样了。

"气归气,但他说得没错。"

"嗯?"

"这人还真挺实在,诗贤你啊,也真善解人意。"

廉女士交代诗贤,以后只要那个大块头流浪汉过来,就拿便当给他吃,还让诗贤通知其他兼职生。尽管诗贤看上去不太乐意,但她还是将廉女士的指示发到了便利店的员工群里。廉女士心满意足地在店里逛了起来,可不消一会儿,低落的情绪又找上来了。因为刚才男子在吃便当的时候,有客人过来买东西,她却全然没有印象。一想到自己真有可能患上老年痴呆,廉女士就不免担忧起来,感到一阵苦涩。不过,廉女士还是决定往好的方面想,因为今天受到了别人的帮助,自己也帮助了别人,已经很不错了。

"老板,您不去釜山了吗?"

"哎呀,瞧我这记性。"

这一天还没有结束。哪怕迟一点儿,今晚也必须得赶到釜山。参加完堂姐的葬礼,廉女士打算在釜山小住上几天。

收好收纳包后,廉女士又往首尔站方向去了。

五天后,廉女士从釜山办完事回来,经过店里看看,诗贤正给一对情侣结着账,便用眼神朝她打了个招呼。等那对情侣一走,诗贤立即走出收银台,来到廉女士跟前。两人寒暄了几句,廉女士又循例问了一下店里近日的情况,诗贤回答完之后,迫不及待地贴到她身边说道：

"老板，那人每天都来报到，一天也没落下过。"

"谁啊……啊，那个流浪汉？"

"对，每次都在我上班的时候过来，然后吃一份便当就走。"

"其他人上班的时候没来过吗？"

"对啊，就只在我上班的时间段来。"

"那人是不是对你有意思啊？"

廉女士的调侃让诗贤不无嫌弃地翻了个白眼，廉女士也不介意，笑着说是逗她玩的。

"可是老板，我再仔细一想，他只在我上班的时候来，是因为他都踩着晚上八点下架过期便当的那个时间来。"

"什么？我不是说了要拿保质期内的便当给他吗？"

"是啊，我也跟他说了，但他非要拿过期便当，我也没辙啊。"

"那也不行啊，我都说了让他吃新鲜的……这不是说话不算数了吗？"

"老板，这也不是件容易的事啊，他要是在收银台前一直叨叨个没完，别的不说，就说那味道，臭得跟咱店里放了一大坨粪便似的，有的客人见了他掉头就走。您说怎么办呢？想让他快点离开的话，只能是答应他的要求了。等他走了以后，我还得给店里通通风、换换气。"

"哎，知道了。"

"依我看呀,他就是掐好时间来的,不然怎么会每天都刚好在过期便当下架的时间出现呢?"

"……这人果然实在。"

"昨天他来晚了,我还担心他是不是哪里不舒服呢。"

看诗贤舔了舔嘴唇,露出一副真的担心的样子,廉女士不禁失笑。这个诗贤,长得高高瘦瘦的,连内心也这么柔软,每次看到她,廉女士都会想起随风乱舞的广告气模。

"诗贤哪,你这么善良,可怎么在这个社会生存?"

"老板才是真正的心地善良呢,每天都给流浪汉送便当……万一他要是带上流浪汉兄弟们过来,可如何是好?"诗贤反驳道。

当然了,这气模也有反弹的时候。

"他不是那种人。"

"哎哟,您怎么知道呢?"

"我看人很准,所以才请了你嘛。"

"您果然厉害。"

虽然廉女士没有小女儿,但诗贤就像是小女儿般的存在,和她拌嘴总是那么有趣。一方面,廉女士希望诗贤能够考上公务员,昂首挺胸地离开这里,另一方面,一想到她要离开便利店,又抑制不住地感到阵阵惋惜。

当啷。门口的铃声响起,有客人进来了,诗贤边说着"欢迎光临",边走向收银台。廉女士环顾一圈便利店,看了看剩下的便当,决定下次要在处理过期便当的时间段过来，问问流浪汉叫什么名字。

那天晚上回到家后，廉女士看着看着电视，昏昏沉沉地睡了过去。突然间，手机铃声响了起来，屏幕上跳出"儿子"两个大字。再一看时间，已经半夜十二点了。这个人物和这个时间组合在一起，让廉女士感到一阵压力，不禁胃里一阵翻腾。她接起电话，果不其然，电话那头传来了醉醺醺的声音。儿子压根不知道她去了釜山，也不知道明天就是她的生日，却口口声声地说着爱她，还说因为自己没能尽到孝道感到很抱歉。每次上演完这一出煽情戏后，话题都会回到便利店是否应该继续存在的问题上。廉女士说用不着他来操心，儿子却总能说出一些不着边际的话，譬如便利店生意不好，还不如关了，拿那笔钱来投资自己的生意，这样母亲也能乐得清闲……忍无可忍的廉女士强硬地说道：

"民植啊，自家人是不能欺骗自家人的。"

"妈，您怎么就是不相信我呢？难道儿子真像那种人吗？"

"作为一名退休的历史教师，我可以告诉你，国家也好，个人也好，都是基于历史来做出评价的。你想想自己过去都做了些什么，你能相信你自己吗？"

"唉，妈，我很孤独。姐也是，您也是，为什么你们在反而让我更孤独，这叫一家人？到底为什么？"

"你要是发酒疯的话，就挂了吧。"

"妈——"

挂断电话后,廉女士走向厨房。心脏就像在油花四溅的烤盘上烤过似的,刺辣辣的疼痛感压迫着整个胸口。她打开冰箱,开了一听啤酒,咕噜噜地灌了下去,仿佛想以此来浇灭一腔的怒火,缓解心脏的痛感,却被呛到咳个不停。为了忘记儿子喝醉酒说的胡话,自己竟也喝起了酒,廉女士为自己感到甚是失望。

真不知该如何是好。

凭借着果断的判断力和魄力,廉女士自认为一生过得还算顺利。但唯独在处理子女问题上,她总会变成一台失衡的天平。就算关了便利店,用那笔钱来支持儿子所谓的"事业",不管怎样都权当打水漂了。可接下来呢?接下来他又该觊觎现在住着的这个两居室住房了吧?剩下这个已经有二十年房龄的房子是廉女士最后的财产,位于青坡洞山坡上一栋已经褪色的老旧楼房三层。儿子不把廉女士的全部财产都榨干吸净,也许都不会善罢甘休。

虽然不愿意承认,但儿子不仅没出息,还是一个准骗子。儿媳可能也是认清楚了这一点,结了婚还不满两年,就匆匆地和他离了婚。那时候,廉女士还很生气儿媳做出这样绝情的决定……结果不得不承认,绝大部分问题其实都出在自己儿子身上。离婚后的三年里,儿子把剩下的财产挥霍一空,变得落魄不堪。那时,作为唯一能帮上忙的母亲,自己正在做什么呢?为什么能担心首尔站流浪汉的一日三餐,却不能照顾离家在外喝醉酒的儿子?廉女士喝完剩下的啤酒，立即在餐桌前做起了祷告。她能做的就只有祷告和祈求而已。

生日当天，廉女士和女儿、女婿，以及集万千宠爱于一身的外孙女准希一起度过。今年的生日，女儿一家没有来青坡洞，而是邀请了廉女士去她们家附近商住楼里的韩牛饭店。女儿住在东部二村洞的海尔阔居，虽然和廉女士所在的青坡洞住宅区一样都位于龙山区，二者之间却有着天壤之别。继江南三区之后，龙山区可以说是首尔市房地产价格最昂贵的地区了。可廉女士所在的青坡洞一带却仍属于平民区，主要都是些建在山坡上的小楼房，还有大学附近大片的寄宿屋。虽然女儿女婿总戏称自己是银行的奴隶，可一直都在踏踏实实地存钱，他们的目标是在准希升初中时，举家迁至江南宝地。这种进攻式的、充满野心的理财观和生活观，与廉女士保守的经济观截然不同，有时候廉女士很好奇，这种差异究竟是来自女儿的能力，还是女婿的本领？不过她也明白，这一切源于两人的叠加效应。自打他们结婚以后，女儿越来越不像自家人，而女婿则越来越有亲家范儿。值得庆幸的是，女儿一家相处得还不错，不像儿子夫妇那样又是吵架又是闹离婚的，在这方面还算比较让人省心。只是廉女士隐约有种预感，无论是谈话内容还是思维方式都已经发生变化的女儿，一旦从龙山搬去了江南，她们的关系也会像这现实距离一样越拉越远。

然而，他们突然提议吃韩牛，还是在价格高昂的饭店里，说是为了给母亲庆生，给丈母娘庆生……坦白说，廉女士感到的负担多过感动。因为之前她们都是在淑大入口附近的一家烤猪排店给她庆祝生日的。廉女士不自在地入了座，看见外孙女准希后，方才露出笑容。当然，准希只顾着刷手机视频，根本没有留意到外婆的目光。但只要能见到外孙女，廉女士除了开心还是开心。女儿和女婿自顾自地聊起金融产品，又是储蓄型又是保本型，听得廉女士云里雾里，她只希望韩牛赶紧上来，好专心致志地吃东西。今天是我的生日，我是唯一有资格享受的人，廉女士心想。

上菜后，廉女士一门心思将女婿烤好的肉送往嘴里。女儿忙着照看准希，女婿忙着烤肉。女儿在给廉女士倒上啤酒提议干杯后，便像等了许久似的，迫不及待地开口说道：

"妈，我们这回给准希报了跆拳道班。"

"女孩子学什么跆拳道……"

"不是，您是一个受过教育的人，说的这是什么话？学跆拳道哪有男女之分？上回准希在学校里被男生打了，是她自己先提出要学跆拳道的，这样别人才不敢随便欺负她。"

女儿说得没错。廉女士为自己老派的思想感到羞愧，表情不自觉地变得僵硬起来。女婿小心翼翼地观察着饭桌上的氛围，女儿喝完了杯里的啤酒。廉女士赶紧把视线转向准希，表情这才自然了些。

"准希啊，你想学跆拳道吗？"

"嗯。"

准希头也不抬地答道,视线始终没有离开手机屏幕上播放的油管视频。

"我们听说,在您住的那头有个很好的跆拳道馆,教练非常不错,以前还是国家队候选团的,人也年轻,教学理念也好……在东村妈妈网上都传开了。"

"什么是东村妈妈网?"

"东部二村洞的妈妈们在线上交流的社交网站。"

"那个教练不是傻吗?怎么不把跆拳道馆搬到有钱人多的东部二村洞去,开在青坡洞的小巷子里有什么用?"

"教练也想搬来东部二村洞啊,可这边租金不是贵嘛。总之,咱不能干等着他过来开馆,得把准希送过去学习,所以我们想请您帮个忙。"

无比嫩滑的韩牛像突然卡在了牙缝里,怎么咬都咬不动了。廉女士自然不讨厌和外孙女相处,只是不喜欢那个时间段不能任由自己掌控。

跆拳道班和小提琴班中间空了两个小时,女儿希望廉女士在那个时间段能帮忙照看一下准希。又因为补习班接送车的时间比较尴尬,所以廉女士还得亲自送准希坐公交车去上小提琴课。对于一个看似每天无所事事的退休老太太而言,帮忙照看外孙女两个多小时好像也不是件难事。但问题是,廉女士也有自己的事情要做,她不时得去看看便利店，还要去教会做做志愿者，为了预防老年痴呆，每天还要抄一抄英语单词。可是，这些事情如果和女儿、外孙女的事情撞在一起，也就只能让位了。

廉女士无法不接受女儿的请求。尽管谁也没有提及辛苦费的事，但她相信女儿和女婿会看着给，所以什么也没有多说就答应了下来。

在一个人坐公交车回去的路上，廉女士想起了便利店的员工们。与放纵任性的儿子和精明傲慢的女儿相比，共事的员工反倒感觉更像是一家人，相处起来更自在。这话要是被女儿听见，肯定又要说她是无良老板，只会把员工当成家人乱使唤了。可事实就是这样啊。她既没有要求员工对她也要像对待家人一般，也没有因为把员工当成家人，就毫不客气地向他们提出无理的要求。之所以有这样的想法，只是因为现在身边能够依靠的人，就只有便利店的员工了。

上早班的吴女士是廉女士在小区里认识了二十年的朋友，也是和她去同一个教会的教友。两人一路同甘共苦，共同经历了许多，吴女士实际上也把廉女士当成了自己的亲姐。而上下午班的诗贤对廉女士而言既像女儿又像侄女，总是让人忍不住想多关照她一些。诗贤工作快一年了，除偶尔会算错账以外，从未惹过什么麻烦。更重要的是，便利店的兼职生总是干几天就走，诗贤却坚持干了一年，单凭这一点就已经非常值得肯定了。在这方面，上夜班的成弼同样也称得上是头等功臣，他从便利店开业没多久，就一直干到了现在。还记得两年前，便利店刚刚开业时，上夜班的兼职生总是突然说不干就不干了，让廉女士十分头疼。五十多岁的成弼是两个孩子的父亲，经常来店里买烟，那时住在便利店附近的一个半地下室里。夜班兼职的招聘传单一贴出来，他就问廉女士自己能否也试试，还强调了自己正好失业，想要再找一份工作却处处碰壁，如果能在便利店里上个夜班，好歹还能补贴点儿家用。从他的言辞中，廉女士感受到了作为家里顶梁柱的迫切，于是在原来时薪的基础上给他又加了五百韩元。因为新政府上台后大幅上调了最低时薪，所以成弼一个月能领到两百多万的工资。从那之后的一年半里，一直都是他昼夜颠倒地坚守在便利店最辛苦的夜班岗位上。

站在老板的立场，理所当然是希望自己的员工能一直干下去。廉女士却不然，或许把员工当成了家人就是这个样子吧。不管是诗贤还是成弼，如果他们有机会如愿以偿找到心仪的工作，廉女士都会很乐意放手让他们去实现自己的目标。她甚至还给诗贤介绍过一份不错的工作，但幸好诗贤只去了一天就跑回来了。诗贤说自己还没准备好当一个上班族，还想回来继续上班，那个样子廉女士至今还记得很清楚。

周末的兼职找的是淑明女大的学生，偶尔平日里要是有空出的时间段，也会请教会青年团的学生来顶替。自从有了这些喜欢打打散工、赚赚零花钱的"兼职人才库"后，廉女士就不怎么需要亲自上阵顶班了。对于个体业主而言，用人问题就是头等大事，但廉女士在这方面并没有怎么费过神。平日里，像家人一般的固定员工、涉世未深的兼职大学生都称呼廉女士为"老板",和她一起经营着这家便利店。这让廉女士时常感到很新奇,同时也很感激。

唯一的问题就是生意不好。

廉女士的教师退休金足以让她养活自己。之所以开便利店,是因为在考虑怎么处理丈夫的遗产时,她听取了弟弟的建议。弟弟经营了三间便利店,他总是强调,想要赚钱的话,至少得开三间便利店,并且还要不断地扩大规模。廉女士却认为经营这一间店就已经足够了。她自己可以靠退休金生活,便利店的收入只要能解决员工们的生计问题就可以了。虽然她一开始也没有预想到,但现在吴女士和成粥都要靠便利店这份收入来维持生计,诗贤备考公务员的开销也同样依赖这份收入。自从她意识到开店不仅是为了她自己,还关乎员工们的生计问题后,原本与"老板""个体户"毫不沾边的廉女士便开始对便利店的生意上心了。

刚开始时,便利店的生意也还不错,但六个月后,在相距不到一百米的范围内又新开了两家其他连锁品牌的便利店。自那以后,两家便利店便开启了疯狂的竞争模式,大搞特搞优惠活动。相对而言,廉女士的便利店比较低调,所以过去的好日子便一去不复返,最后落得现在这般冷清。

廉女士从未想过要靠便利店挣大钱,只是担心如果店铺因为入不敷出而不得不关门的话,自己的员工们会无处可去。她万万没想到竞争会如此激烈,也不知道店铺还能支撑到什么时候。

第二天,廉女士专门在处理过期便当的时间段来到店里,正好看见那个"流浪汉"男子在收拾便利店外面的桌子。秋夜已有了凉意,男子俯着身子把烟头、纸杯和啤酒罐一一捡起来。他动作缓慢地将捡起的垃圾拿到分类垃圾桶,仔细地进行着分类,看起来倒是挺像样的。这时诗贤拿着便当走出来,放到桌面上后,故意发出了点声响。男子闻声转过来,朝她淡淡地点了点头。诗贤也点了点头,就在转身之际,她发现了正在看着他们的廉女士。

"哎哟,您来啦?"

"特地送便当出来呢?"

"是啊,他还帮忙打扫卫生呢……多不好意思啊。"

诗贤笑了笑,回到店里。随后男子再次进入了廉女士的视野。他向廉女士弯腰打了个招呼后,打开了便当盒盖。廉女士一声不吭地坐到他对面,便当应该用微波炉加热过,还冒着白气。男子看到廉女士坐下后,显得有些拘谨,嗫嚅了片刻,看见摆手示意他吃饭后,才拿起了筷子。接着,他从外套口袋里拿出一个绿色的瓶子。

那是一个绿色烧酒瓶,里面的烧酒只剩下一半。他打开瓶盖,倒入刚才特地留下来的纸杯中。廉女士并没有阻拦,只是看着他吃便当和喝酒。不一会儿,他也就放开了,专心致志地吃起了饭。

等男子吃得差不多时,廉女士从便利店里拿了两瓶易拉罐咖啡出来,重新坐到了男子对面。男子看见递给他的易拉罐咖啡,面露喜色,垂着脑袋拉开了瓶盖,像喝蜂蜜那般咕噜噜地喝了起来。廉女士也在喝着咖啡。晚秋的凉意仿佛被这温热的咖啡一扫而空。夏天的时候,有不少客人会来这里喝啤酒。或是因为噪声问题,或是因为抽烟问题,一直以来不乏居民投诉,乱扔垃圾的问题也得不到很好的解决。但是,便利店门口这张桌子对于小区的居民而言,确实是个能够放松和休息片刻的地方。所以尽管遭到各方的屡次投诉,廉女士还是坚持将这个空间保留了下来。

"天气……很冷吧?"

廉女士吃惊地看向男子,仿佛有什么幽灵在她耳边吹口哨似的。方才吃饭时见他一言不发,以为他不喜交谈,都准备放弃问他的姓名了,可是没想到他自己先打开了话匣子,这又重新激起了廉女士的好奇心。

"是啊,天气越来越冷了……你还要继续待在首尔站吗?"

"就是因为天冷了……才更要待在那儿。"

咦?比起上周见面的时候,说话似乎顺畅了些。可能是每天来便利店吃便当,有助于让他更好地融入社会。廉女士决定趁此机会把想问的都问了。

"你一天就吃这一顿饭吗?"

"去教会活动的话……有午饭吃……但是我不喜欢唱圣歌。"

"啊哈,也是。话说回来,你家在哪儿?没想过回去吗?"

"……我不知道。"

"那我可以问你的名字吗?"

"我不知道。"

"你连自己的名字也不知道吗？那年纪呢？以前是做什么的？"

"不、不知道。"

"唉。"

一问三不知，那和保持沉默有什么区别？就连一贯眼尖的廉女士，一时间竟也分辨不出他是真不知道自己的名字还是装不知道。但她并不打算就此放弃，要想进行交流的话，至少得知道对方的名字。

"那你希望我怎么称呼你？"

男子不语，只是把目光投向了首尔站方向。他是想回去了吗？回到自己唯一熟悉的那个地方……就在这时，他回过头来正面凝视着廉女士，答道：

"独……孤……"

"独孤？"

"独孤……大家……都这么叫我。"

"独孤是你的姓吗，还是你的名字？"

"就叫……独孤。"

廉女士叹了口气，然后点点头道：

"好的，那独孤你可别忘了每天过来，听说前几天你来晚了，叫人怪担心的。"

"不、不……用……管我。"

"每天在同一时间出现的人,有一天突然来晚了,你说怎么能不在意呢?所以啊,你每天都要记得按时过来,别迟到了。来这里吃个便当,然后像现在这样帮忙打扫一下卫生,就当是运动,不是也挺好的吗?"

"如、如果您的钱包……又丢了……告诉我。"

"嗯?"

"我再去给您找回来。不然我……没什么可以答谢您……"

"我还以为你是个老实人呢……你这是让我故意弄丢钱包,再让你给我找回来吗?"

"不是……不能再弄丢了……总之不管什么……需要帮忙的话……请告诉我。"

廉女士听后,感到有些欣慰的同时也有些沮丧。她还不至于要向一个流浪汉寻求帮助。还是说,就连在一个流浪汉眼里,这家便利店也已经凄凉到了这个地步?她直直地望着独孤,决定终结他们的对话。

"你先把自己照顾好了再说吧。"

独孤讪讪地低下了头。咳,这有什么好值得难为情的。

"还有,我给你提供便当,是希望多多少少能帮上一点儿忙,而不是让你在这儿喝烧酒的。"

"……"

"便当不是下酒菜,是正餐,我不能纵着你整天喝得醉醺醺的。"

"一瓶……还、还不够我塞牙缝儿的呢……"

"总之，我是个有原则的人。你只要记住一点就行了，我是这张桌子的主人，我不允许你在这里喝烧酒。"

独孤看着烧酒瓶，默默地咽了口唾沫，然后一声不响地拿起瓶子。有那么刹那，廉女士甚至担心他会不会用酒瓶伤人。但好在他只是把酒瓶放在空的便当盒上，从座位上站起来，慢悠悠地走向了分类垃圾桶。廉女士暗自在心里松了口气。独孤回来之后，又从原来那件外套里掏出那团来路不明的纸擦桌子，收拾干净后向廉女士道了别。

廉女士目送着这位名叫"独孤"的男子离开，只见他的背影渐渐远去。独孤，是孤独的意思吗？还是因为独自一个人生活，所以才被叫作独孤的呢？廉女士看着和他名字一样伶仃的背影，决定暂时将他置于脑后。

"老板，很抱歉，我可能突然没法儿继续干下去了。"

那天晚上，廉女士在店里正和诗贤聊着天，听见刚来上班的成弼突然这么说时，她有些手足无措。成弼用手扫着稀松的头发，说别人给他介绍了一份给中小企业老板开车的工作，三天之内就要去报到，所以才不得不这么急急忙忙地提辞职。面相和蔼的成弼带着满脸的歉意，向廉女士请求谅解。

夜班是便利店最辛苦的一个时间段，所以兼职生并不好找。在过去的一年半里，多亏了成弼默默坚守在夜班的岗位上，才能让廉女士高枕无忧地度过这么多个夜晚……但现在这个位置又空了出来。成弼的辞职太突然，就算马上招到新的兼职，也免不了随时要廉女士亲自顶班。一想到在没招到固定的夜班兼职之前都是这么个情况，廉女士的脑袋就不免感到阵阵刺痛。

但很快，她就记起自己曾说过，等成弼找到工作不得不离开便利店时，一定要支持他，替他感到高兴。所以廉女士给成弼送上了祝福，并说晚上因为有他看店，自己才能如此放心，还答应给他一些额外的补贴。成弼深受感动，表示最后三天里也会照常好好工作。

"老板，给您点赞哦！"

成弼进仓库换工作制服时，诗贤冲廉女士竖起了大拇指。

"诗贤，接下来看你了，等你考上公务员，我给你买一套上班穿的正装。"

"真的吗？可以挑贵的吗？"

"一个职场新人不能这么招摇，我给你买套普通的，你就好好备考吧。"

"遵命。"

"啊，对了，要赶紧招新的夜班兼职了，你看看周围有没有比较闲的朋友，我也会在教会青年团里问一问。"

"有介绍费吗？"

"没问题。但你要是没找到人来上夜班的话，就你来上。"

"我才不呢!"

"三天之内如果找不到合适的人,就只能是你或者我来上了,吴女士因为她的儿子,肯定是上不了夜班的,所以除了咱俩,还能有谁呢?你要让我一个老太太彻夜守在店里,一个人上货吗?你看我说得对不对?"

廉女士说了一串,诗贤不置可否,转了转眼珠子,说:

"我问问吧,闲着没事干的人多着呢。"

"你和他们说,老板人特别特别好。"

"那是必须的。"

看着卸下来的一箱箱货物,廉女士不禁叹了口气。生意这么清淡,怎么还总是想着进货?她一边埋怨自己,一边着手搬运堆在门口的箱子。送货员只负责把货卸到门口,所以从门口到仓库这段距离,得店员亲自搬运。只不过搬了几个来回,廉女士的腿脚就已经不听使唤了。望着送货员卸完最后一箱货离开的背影,廉女士又叹了口气。

成弼已经辞职一周了,夜班的兼职果然不好找。头三天里倒是有一个应聘者,那是几个月后准备入伍的一个教会青年,但只干了几天就临阵脱逃了,还找了一个特别假的借口,说是因为父母反对才不干了。这样的家伙,真正去了部队之后,可要怎么坚持下来?不过比起这个,现在更让人担心的是,便利店的夜班该怎么办呢?

之后三天晚上都是廉女士在通宵看店。因为诗贤"正好"要去听讲座，满脸抱歉地说着她一大早就得赶去鹭梁津。这个小滑头！真想出题考考她，看她是不是真的在认真学习。廉女士原来是历史老师，公务员考试里的历史题，她闭着眼睛都能答出来，在这方面她倒是可以帮到诗贤。诗贤却口口声声地说自己更喜欢廉女士当她的老板，而不是当她的老师，执意拒绝了廉女士的帮助。或许诗贤并不是真的在学习，而是在便利店里赚点儿零花钱消磨时间吧。

又在替别人瞎操心了。赶紧找到能上夜班的兼职生，才是当务之急。白天打了一通电话给儿子，却让廉女士窝了一肚子火。儿子列出了好几点，振振有词地跟她狡辩着："一、您当您儿子是无业游民吗？二、就算我没有工作，像我这样的高端人才也不能去便利店里上夜班啊。三、所以说，您这么辛苦还留着便利店做什么呢？四、正好趁着这个机会，把便利店转让出去，拿钱投资到我的新项目里，您就可以好好歇着了。"儿子说了这么一大堆，不仅一点儿实际帮助也没有，还落井下石。"你连一块口香糖也休想从便利店拿到！"廉女士说罢，挂断了电话。喝完一罐啤酒后，廉女士便倒头睡着了，直到闹铃响起，才起身去便利店和诗贤交班。都怪儿子，这酒是喝得越来越频繁了。身为一名教徒，这样喝酒真的没关系吗？神为什么给了我不争气的儿子和烦恼后，又要给我酒呢……廉女士实在是想不通。

把箱子全部抬进仓库并清点完货物时，已经半夜十二点多了。

接下来还要把商品摆到货架上，廉女士又像搬运橡子的松鼠那样，来回穿梭在仓库和货架之间，忙完之后已是凌晨四点。她倚着柜台，紧闭双眼，用力打了个呵欠，心想幸好没有客人，否则就应付不过来了。但是庆幸没有客人的这种念头，不正预示着店铺无论如何都会走向倒闭吗？就在这时候，门口传来了"当啷"一声，喧闹的吵骂声涌了进来，两个二十岁出头、一身酒气的女孩和两个同样浑身散发着酒气的男孩走进了便利店。两个女孩中，一个染了黄发，一个染了紫发，说话时一直夹杂着脏话，两个男孩则尖酸刻薄，装腔作势，不断迎合着女孩们。无论怎么看，他们也不像是淑明女大的学生，估计是在南营站附近的酒馆里喝了酒后过来的。

"该死的，这儿没有惠满可的鱼形冰激凌！"

"这儿呢这儿呢，这不是嘛！"

"我讨厌年糕，太讨厌了！"

"白痴，那你自个儿慢慢找没有年糕的吧，我要吃红豆冰棒！"

"你们知道惠满可是什么意思吗？是'价格实惠，分量满满'的意思呢！"

"说什么呢？你还在找惠满可？欸？怎么也没有红豆冰棒？我想吃红豆。"

看到他们你一句我一句骂骂咧咧的样子，廉女士不由自主地皱起了眉头。千万要忍住。跟喝醉的人无论说什么，都只是在浪费口舌。

"这儿有板栗冰棒,你就吃这个吧!"

"笨蛋,那是板栗的,我要吃的是红豆!!"

"想吃红豆就吃红豆沙冰吧!找到了在这儿!"

"冷得要死吃什么红豆沙冰,我看你就像个红豆——蠢货!"

"什么?你丫的说什么?"

"我说,你们这群学生!!"

忍无可忍的廉女士冲他们喊了一嗓子,开始喋喋不休地数落起他们来,让他们不要在别人的店里乱说脏话,买完东西就赶紧回家去。终究还是爆发了。面对这些言语粗俗、脏话连篇的孩子,廉女士仿佛起了过敏反应一样,再也忍不下去了。然而他们既不是廉女士的学生,也不是什么正派青年,甚至可以说,他们就是一群喝醉酒的流氓混混,是冲她横眉竖眼的四个瘟神。紧张的廉女士咽了一口唾沫。

黄发女孩带头走了过来,朝地上吐了一口口水。

"这老太太,以为自己是九尾狐吗?你当自己有几条命啊?"

"是你们先在这边嚷嚷的,监控摄像可都录下来了。"

廉女士努力让自己保持平静的同时,对他们发出了警告。

这时,紫发女孩把鱼形冰激凌重重地摔到廉女士面前,仿佛要把冰激凌敲碎似的。

"赶紧结账,趁我们把你揍成鱼眼珠子之前!"

两个女孩发出咯咯的讥笑声,好像随时都会对廉女士动粗似的,两个男孩则在后边笑着看热闹。廉女士顿时一把火涌上心头,她决定要迎面对抗。

"我不卖给你们了。你们出去!不然我就报警了。"

话音刚落,黄发女孩就拿起一个鱼形冰激凌往廉女士的头上敲了一下。由于事情发生得太快,廉女士只是瞪圆了眼睛,一时间不知所措。

"老太太,你刚说什么了?喂,你们这群学生?你看我们哪里像学生了?该死,你们这些老家伙动不动就爱喊年轻人学生。我才不是学生,就是因为揍了你们这样的老师,才被学校退学的!"

黄发女孩又想拿鱼形冰激凌拍打廉女士的脸,但被廉女士一把紧紧抓住了手腕。

"是不是想让我给你点儿颜色看看!"

廉女士使出全身力气紧紧抓住黄发女孩的手腕。尽管女孩怪叫着想要挣脱,却敌不过廉女士的腕力。当廉女士松开手时,一直挣扎的女孩反而一下子跌坐到了地上。紫发女孩见状,上前抓住廉女士的肩膀,廉女士条件反射地抓住紫色女孩的头发,将她按倒在放着鱼形冰激凌的收银台上。

"揍成鱼眼珠子?这是该对长辈说的话吗?"

廉女士不顾紫发女孩的反抗,一直抓着女孩的头发摇晃她的头,摇得女孩的魂都快飞出去了才肯罢手。女孩一副魂飞魄散的样子,大口喘着粗气,还咳嗽起来。见此状,两个男孩也变得面目狰狞起来。廉女士迅速拿起座机听筒放到一旁。只要这样放上一会儿，就会自动连接到附近的派出所。

"这老家伙真是活得不耐烦了！"

一个男孩像要砸了收款机似的，猛地扑上来，吓得廉女士一下子退到收银台边上。男孩一脸坏笑，拿起听筒放回座机上。

"你以为我们没在便利店打过工吗？将听筒放到一边做什么？想叫警察来干吗？"

失策了，放什么听筒，应该直接按下收款机紧急按钮的。男孩嬉皮笑脸地朝同伙大声喊道：

"喂！一起上！把监控录像拿掉，把钱也带上！"

廉女士只觉背脊发凉，动弹不得。男孩们因为兴奋而开始怪叫，女孩们则扑向收款机。廉女士僵在原地不知所措，双手不停地颤抖着。

这时门口又响起了"当啷"的声音，有人推门进来了。

"喂……你……你们这群兔崽子！"

那声音犹如雷鸣一般。瞬间，男孩女孩们的目光不约而同地投向门口。廉女士也艰难地抬起头。是独孤！没错，那人就是独孤！

"你们这……这是在对、对长辈做什么！"

这一刻，声音洪亮的独孤不再是那个说话含混嘶哑的流浪汉，也不再像一只弓着腰走路的病熊了。廉女士犹如看见了神兵天降一般，心中感慨万分。然而，在这些年轻的小混混眼里，又完全是另外一码事了。

"这家伙从哪儿冒出来的？啊，臭死了。"

"这家伙不是流浪汉吗？脏死了，真晦气！"

两个男孩同时冲向独孤，独孤则用身体和他们对抗着。也就是说，他堵住门口，只是用自己的身体去抵挡他们的攻击。男孩们见他只是一味地防御，下手变得更重了。而独孤把身体缩成一团，像个球一样，纹丝不动地堵在门口。

就在他们不断漫骂和殴打独孤时，外边传来警笛声。是两个女孩率先注意到的，男孩们明显也慌了手脚。他们想要推开独孤，可他就像一个巨大的障碍物，死死挡在门口，任他们怎么推也推不动，只能捏着鼻子，悻悻然骂道：

"给我滚开！让你滚开！！脏兮兮的家伙！"

直到两位身穿制服的男子出现，他们才停止了闹腾。也是这时候，廉女士怦怦跳动的心脏才得以镇定下来，独孤缓缓地站起来，给警察开门，宽厚壮实的后背映入廉女士的视野。这时，独孤突然转过头来冲她挤出了一个笑脸。这是廉女士第一次看见他笑，尽管鲜血顺着眼角缓缓地往下流着，独孤还是冲廉女士笑着。

其中一个家伙的家长来到警察局，看到鼻青脸肿的独孤后，便提出金钱调解。但令人意外的是，独孤并不肯接受金钱赔偿，而是提出了其他要求。他走到半醉半醒的几个家伙面前，让他们高举双

第一章　"山珍海味"便当

手。起初他们并不乐意，但是被独孤一吓唬，他们马上就像小学生罚站那样，高高地举起了双手。

从南大门警察局出来后，廉女士和独孤一起往南大门市场走去。那时已近黎明，市场里陆陆续续地有商贩出来准备摆摊，他们来到巷子里的一家醒酒汤饭店。脸上贴着创可贴的独孤，大口大口吃着牛血醒酒汤。廉女士则心不在焉地握着筷子，脸上露出怜悯和无奈的神色。

"现在的年轻人多可怕啊，你怎么就这样贸然地冲上去了呢？"

"我……不是说过……我可以一对二吗？"

独孤摸摸脸上的创可贴，咧开了嘴，仿佛那是他的荣誉勋章一样。廉女士原本还想说些什么，但她很快就意识到，其实真正莽撞的人是她自己。她苦笑了一下，然后望着独孤说：

"谢谢。"

"算、算还您……饭钱了吗？"

"当然。不过话说回来，你怎么出现得这么及时？"

"我……听说了……您上夜班。反正睡也睡不着……又担心您……就过来看看。"

"唉，我反倒更担心你。"

独孤不好意思地挠挠头，又拿起了筷子。

"见你挺身而出，我还以为你以前很有两下子呢。没想到你光挨打了，幸好巡逻警车及时赶到，不然可能伤得更重。"

"警察……是我叫来的。"

"嗯?"

"附、附近……有……公共电话亭。我看到他们在闹事……就先报了警……所以……只用挨一会儿打……警察就会过来解救我……"

廉女士顿时惊讶得合不拢嘴。原来独孤不仅是个实诚的人,头脑也这么好使啊。而且,他还为了自己出来巡逻,替自己挨打。对独孤的赞许连同感动,一股脑儿地涌上心头。廉女士打量着独孤,独孤则不以为意地挠了挠头,继续吃起了醒酒汤。

"给你叫一瓶烧酒?"

独孤的一对小眼睛登时放大了。

"……真的吗?"

"但这是最后一瓶,喝完这瓶后,把酒戒了,来帮我看店吧。"

"我、我……吗?"

"你能够应付的。眼看天马上就要变冷了,晚上在暖和的店里待着,还能挣点儿钱,不是挺好的吗?"

廉女士直直地注视着独孤的眼睛,等待着他的答复。独孤难为情似的避开了她的视线,脸部不自然地抽搐了几下,然后一双小眼睛转回来看着廉女士,问:

"您为什么对我……这么好?"

"你对我不也这么好吗?而且我又累又怕,晚上是没法在便利店继续待下去了,你得过来帮我啊。"

"可是您……都不知道……我是谁。"

"怎么不认识?你不是我的救兵吗?"

"连我自己都不了解自己是什么人……您能放心吗?"

"我当了一辈子的高中老师,光见过的学生就不下几万人,看人准着呢,你只要戒了酒就肯定没问题。"

独孤一会儿捋捋胡子,一会儿揉揉嘴唇。虽然这个提议很突然,但如果遭到拒绝的话,廉女士心里多少还是会有些不舒服。她很想催促独孤赶紧给个答复,别再摸他的胡子了。

就在这时,独孤似乎做出了决定,他注视着廉女士,说道:

"那……我要再来一瓶……最后只能喝一瓶的话,感觉有点儿……可惜……"

"听你的。我会给你先预支工资,吃完饭后你就去澡堂洗个澡,然后理个发,买身衣服,到了晚上再来店里。"

"……谢谢。"

廉女士点了两瓶烧酒,店员很快就端了上来,她亲自打开瓶盖,给独孤倒了一杯酒后,也给自己也倒了一杯。

两人碰了碰杯,就这样确认了雇佣关系。

第二章

——

极品中的极品

在诗贤漫长的兼职生涯中，便利店兼职能成为她最后一份工作，也许是个再自然不过的结果。首先她本身就很爱光顾便利店，再者，她之前的兼职经历或多或少地都能和便利店的工作挂上钩，所以特别容易上手。在美妆店兼职时，她学会了怎么接待顾客，怎么在收银台结账，这些基本上和便利店的工作如出一辙；在快递公司兼职时，她负责给小型货件分类，这也和便利店的商品陈列工作相类似；另外，在连锁咖啡店兼职时，她掌握了和"极品"顾客打交道的诀窍；在烤肉店兼职时，总有一些讨人厌的极品会把自己烤煳肉的责任赖到店员头上，在和他们斗智斗勇的过程中，诗贤也练就了一颗强大的内心。

便利店的工作和这些业务内容、状况、极品客人都有着一定的交集。一年前，诗贤刚来到这个便利店时，只花了半天时间，就完成了所有的培训和交接，从那之后，每天下午2点到晚上10点的这八个小时，诗贤都在便利店里工作，剩余的时间则用来备考公务员。对于兼职生而言，遇上一位好的老板很重要，这也是诗贤能够坚持工作一年的最大原因。老板是一位退了休的高中历史老师，诗贤觉得长辈就应该像老板那样。现在有许多便利店为了不给全勤津贴，都不愿意让兼职生一周上满五天班。不过如果一周只上两三天班的话，就没有办法在一个地方固定下来。但这里不同，所有的兼职生都是一周工作五天。而且，老板区分得很清楚，知道哪些事可以指使诗贤和其他兼职生去做，哪些事需要亲力亲为，凡事都以身作则。最重要的一点是，她尊重每一位员工。

"如果老板都不懂得尊重员工，那么员工也不会尊重顾客。"

诗贤的父母靠餐饮业发家，这样的话她从小听到耳朵都起茧了。开店终究是和人做生意，不尊重顾客的商店和不尊重员工的老板，都会招致同一个结果——倒闭。从这一点来看，至少青坡洞这家便利店是不会倒闭的。只是想要赚钱的话似乎也不容易。之前周边新开了两家便利店，而且这一带老年人口多，比起便利店，他们更喜欢去附近的小超市。还好有淑明女大的学生，但因为便利店的位置不在上下学的主干路上，所以好像也起不到什么作用。只有在附近寄宿或者租房的学生会时不时过来光顾一下。

其实生意不好，也意味着身为兼职生的诗贤可以轻松一些。像这样能为兼职生提供便利的便利店，她又怎么会舍得离开呢？但同时，她又会感到愧对老板，所以总是全心全意地热情接待客人。至少得留住一些常客,这样便利店才能勉强维持下去。

最近总有一个特别讨人厌的极品顾客光顾便利店,可能是新搬过来这附近没多久,就连这样训练有素的诗贤见了他,也很难不恨得牙痒痒。那是个约莫四十岁的中年大叔,身材瘦削,眼球突出,一看就不是什么面善之人。他第一次来光顾时跟诗贤说话就用了非敬语,甩钱的行为更是令诗贤惊愕不已。他似乎把诗贤当成了机器,对着诗贤用非敬语输入自己的要求后,还不断地催促着诗贤赶紧把结果显示出来。诗贤之所以无法为自己辩驳,一直忍气吞声,是因为每次都正好被对方抓住了自己的一些小失误,也是因为这样才更令人气愤。有一次,他拿着"买二赠一"的小零食来结算,但是当诗贤告诉他,这个零食的促销活动在前一天已经结束时,他像个日本巡警似的开始不停追问。

"为什么不能买二送一?"

"先生,因为这个促销活动昨天已经结束了。"

"活动都结束了,标签为什么还不撤下来?害我白挑了半天,怎么办吧你就说?这次你就按那个促销价给我。"

"这实在是没办法,标签上有写活动期限,如果您仔细确认的话……"

"那些字小得跟蚂蚁似的,你让我一个老花眼怎么看得清?现在过了四十岁的人就老花眼了不知道?日期是不是得写大点儿啊!这是歧视中老年人还是怎的?按促销价给我,当赔礼道歉了。"

"先生，很抱歉……这实在是不行。"

"什么破玩意儿，不买了，给我来包烟。"

"您要哪种烟？"

"就是我平时抽的那种。我每天都来买烟，你连这也记不住？这样对待老主顾，生意能行吗？真是的。"

没有撤掉过期的标签，是诗贤犯的第一个失误。虽然知道对方抽什么烟，但被一通说教后稀里糊涂地问了香烟牌子，是第二个失误。至于前者的话，实际上，只要这家伙不是老花眼，看清楚了日期再拿的话，就不会有这样的问题了，而后者根本算不上什么失误。但这家伙的"极品"之处就在于，他很会利用这种模棱两可的情况找别人碴儿，就像故意拿诗贤出气似的，总要唠叨一番才肯罢休。

那家伙接过香烟扔下钱之后，收好找回的零钱，走到外边的露天桌子抽起了烟。明明贴着禁烟标识，却视若无睹，抽完烟后还随地乱扔烟头。自己肆无忌惮地做着一切令人厌恶的事情，却还总是揪住别人算不上失误的失误不放，像他这样的人当真是极品中的极品。

这个极品顾客总是在晚上八点到九点出现，所以一到那个时间，诗贤就开始心绪不宁。从门口的铃铛声响起，那张长了一对金鱼眼的脸出现开始，再到他结完账离开为止，诗贤心里一直都七上八下的。不知道今天又来找什么碴儿……忐忑和不安占据了心头。但好在只有那段时间是这样。除了极品顾客过来买些香烟和零食的时间点以外，其他时候都还好。诗贤安慰自己，就当是隔壁住了个极品邻居，不得不偶尔和他碰个面，遇到点倒霉的事情。

　　临近初冬的一个傍晚，老板领着一个男子进了便利店。诗贤见后，忍不住张大了嘴，她还是第一次亲眼看见，一个男人的胡子在脸上竟然能占那么大面积！虽然诗贤也知道"发型"对于男人和女人的重要性，却万万没想到，当独孤刮干净脸上如杂草般凌乱不堪的胡髭和络腮胡时，他竟然从一个让人唯恐避之不及的流浪汉，摇身变成一个得体的邻家大叔。而且，他的头发也剪短了，原本身上像是用污水清洗的外衣和棉裤，现在也换成了肥大的衬衣和牛仔裤，看上去完全变了一个人。虽然眼睛是小了点，但是挺立的鼻梁、剃了胡子后变得清爽利落的脸颊、棱角分明的下巴，无不让他散发着一股男人味。宽厚的肩膀和后背也增添了几分稳重的感觉，弓着的背站直后，个子也显得更高了。

　　老板领着脱胎换骨的独孤来到店里，就像介绍由她创造的机器人一样，满脸自豪地对诗贤说，以后便利店的夜班就由独孤来上了。晕！方才诗贤对独孤的变身还不乏好感，这会儿心头却乌云密布。老板甚至还提议让她来给独孤进行兼职培训。我的天！老板的提议不就等于命令吗？

　　诗贤委婉地表示，老板的教育经验丰富，还是由她来亲自培训员工会比较好。可这一提议立马就遭到老板的否决。因为，无论是在收款机的使用上，还是在待客方面，都是年轻的诗贤更为拿手。

不过，老板也表示自己会负责教他晚上怎么收货和摆货。迫于无奈的诗贤只好答应下来。毕竟夜班的空缺总不能一直让老板来填补，现在只能靠诗贤和老板把独孤塑造成这家便利店的一员了。

事实上，诗贤并不是什么行侠好义，又或是细致体贴的人。她更像是一个社交圈的"边缘人物"，朋友不多，平平庸庸地念完大学后，还是觉得像公务员这种平凡的工作最适合自己，于是踏上了备考九级公务员[1]之路。但问题是，现在周围所有的人都在准备公务员考试。诗贤认为竞争率之所以高得离谱，是因为那些生活经历丰富、履历华丽的朋友都图个稳定，纷纷加入了备考大军的队伍。你们这么富有挑战精神，又是社交圈里的"风云人物"，而且不是还在国外念过书吗？那就去追求一份更有挑战性的工作啊，为什么都要挤破头来当乏味枯燥的公务员？就不能把机会留给我这种完全习惯了乏味的人吗？这让诗贤感到很是不满和糟心。

不过，廉女士的便利店让诗贤提前体验了一把公务员的生活。大学毕业后，诗贤没能找到工作，在备考公务员的同时，辗转做过各种兼职，最后来到这里才算稳定了下来，一直做到现在。早上在鹭梁津听完课后，诗贤乘地铁来到南营站，在便利店从下午工作到晚上，下班后回到位于舍堂洞的家，这成了她熟悉的日常。妈妈问她怎么不找个家附近的便利店干，非要跑到青坡洞去。如果在家附

---

1 编注：此处的公务员指的是韩国的行政公务员，在韩国是分等级的，一级为最高级别，九级为最低级别。

近的便利店上班，万一撞见熟人和亲戚怎么办？她想不到有比这更尴尬的事了。再者，她曾经暗恋的一个男生就住在青坡洞，以前和那个男生一起来过这几次，对诗贤来说这里有着她的回忆。他们在华夫饼店里吃过超级美味的草莓冰沙，度过了一段近似约会的时光……可是，后来那个男生突然去了澳大利亚打工度假，一晃就是几年，至今还没有回来。说不定他已经在那边和高大的澳洲女人成了家，也可能在干着喂养袋鼠的工作，和小袋鼠过着相亲相爱的日子。

总而言之，青坡洞胡同里的这个便利店成了最能给诗贤安全感的空间。在考上公务员以前，她都不打算离开这里。除备考公务员以外，诗贤原本还在准备赴日本打工度假的事宜，但现在这个计划泡汤了，所以她更加下定决心要坚守住便利店这片阵地。暗恋的男生去了澳洲之后一直杳无音信，那时诗贤也决定要去日本来一场打工旅行。她读的是日语系，又是日本动漫发烧友，所以日本成了一个理所当然的选项，计划却被一而再再而三地推迟……哎！今年六月日韩贸易战开始后，两国关系恶化，这个"B计划"最终成了泡影。本来打算考上公务员后，每个季节、每个周末都要去日本小城市旅个游，这个梦想也不知道何时才能实现了。

当自己的梦想因为外交问题破灭后，诗贤这才意识到原来自己也是这个社会的一分子。她一直认为自己和那些人截然不同，那些人要么在广场上捧着蜡烛示威，要么就在广场上为足球喝彩助兴。而她只需要坐在房间一隅的显示器旁，看看"网飞"的视频、上网冲冲浪，就足以让她接触世界，享受人生，待在自己的专属温室——便利店里，也能让她感到十分舒适自在。大概就是这个原因，她甚至怀疑自己比起公务员来，也许更想一直待在便利店里当一名兼职生。就算辛辛苦苦地考上了公务员，归根结底，不也只是跳到了另一个更大的"便利店"而已吗？在那里是为了给国民提供便利，跟另一些"极品"打交道……所以现在这个舒适的空间，成了诗贤无论如何也要坚守的宝地。

哪怕是为了坚守住这块宝地，诗贤也要帮助流浪汉独孤完成变身的任务。给他送刚到期的便当那会儿，诗贤还觉得自己在做好事，心情挺好的。可是现在一想到要给他正式培训，和他交流，就倍感压力。首先，诗贤得去习惯独孤结结巴巴的说话方式，适应他慢吞吞的动作，最重要的是还得忍受他身上的那股味道，虽说他已经洗过澡了，可还是隐隐约约地能感受到流浪汉身上的那种气息。

独孤认真地记录着诗贤教给他的内容。他不知从哪里弄来了一个旧本子，在上面擦了擦圆珠笔尖上残留的多余油墨，开始记录起接待顾客的流程，整理货架那部分还用了图画做辅助说明。因为他的学习态度端正，诗贤便耐着性子一一给他进行了讲解。中途客人进来，诗贤打完招呼后，用胳膊肘捅了一下不知所措的独孤，他才含混不清地说出"欢、欢迎……"，客人却不知道那是在打招呼，只当作店员之间在聊天。诗贤轻轻叹了口气，把他领到了收银台。

两人并排站在收银台前，诗贤放慢动作，反复给他演示怎么结算商品，一旁的独孤目不转睛地看着，但是现在还没有到能让他独自帮客人结账的时候。

"今天晚上虽然有老板和你一起看店，但从明天开始你就要自己一个人了，所以一定要记好。"

"知、知道了。可是……两个一起结算的那个……"

"你只要交给电脑就行了，已经全部输入好了，刚到的商品也都会及时更新，你只要拿条码扫描器对准一扫就可以了。"

"只要、对准、一扫。"

"扫什么？"

"商、商品。"

"商品哪里？"

"那个……很多线的……是'面条码'[1]吗？"

"条形码，对着条形码的线扫一下就完事了，OK？"

"O、OK。"

虽然有的时候也会让诗贤感到很来气，但是能给一个大自己差不多二十岁的大叔指导和培训，她的心里还是颇有成就感的。而且，老板就坐在便利店内的桌子和朋友聊着天，不时地会观察一下她的培训工作，老板的目光也让她感到很满足。诗贤很喜欢老板，要是

1　编注：韩语里，此词的发音与"条形码"相似。文中独孤没有听清楚正确的发音，故误读成此词。

在读书时遇见像老板这样的老师，她也许就不是动漫发烧友，而是历史发烧友了。

无论如何，她都要让这个口齿不清、笨手笨脚，而且刚刚退出流浪汉行列的大叔，独自一个人站在收银台前结账。突然，诗贤用犀利的目光看向正在本子上画条形码的独孤。

第二天，诗贤上完培训班后来到店里，柜台后的吴女士立马迎了上来。

"诗贤，那头笨熊到底是什么人？"

诗贤不禁嗤地笑了。长辈们经常说"笨熊"这个词，但用得这么恰如其分的她还是头一次见。吴女士的口吻像是在质问她为什么要把独孤带来店里。不，吴女士说话向来都是那个语气。也不知道是天生性格使然，还是因为不省心的儿子才这样，总之她跟每个人说话都是一副咄咄逼人的口吻。甚至对顾客时也是这样！

"哎，你别光笑，倒是说说看啊。是不是你介绍过来的？原来是做什么的？别人说话他怎么都听不懂啊？讲话还磕磕巴巴的……"

"不是我，是老板钦点的。"

诗贤不想和她继续多说，一脸正经地说完后便走进仓库。

只有和老板说话时，吴女士才会表现得比较温和恭顺。她们两人去的是同一个教堂，又是同一片小区的邻里，吴女士喊老板"姐"，很听老板的话。这也是很自然的。吴女士也许会认为自己做事干脆利落，但其实像她这种尖酸刻薄、容易发怒的性格，根本就不适合从事服务行业。可老板不但包容她，还给了她一份工作，她自然是对老板一片忠心了。

诗贤穿好工作制服出来后，吴女士又开始了她的牢骚，像是故意说给诗贤听似的。

"老板到底从哪儿找来了这样的人？也没跟我说……你要是知道些什么，给我说说，行不？"

"我也不太清楚。"

如果这会儿告诉吴女士独孤是流浪汉的话，她肯定连下班都顾不上了，就得跟世界末日到了似的，一直在旁边念叨个没完。所以，诗贤决定少说为妙。但还是忍不住叹了口气，究竟什么时候才能免受大妈的唠叨和提问的洗礼，直接开始工作呢……

"真是搞不懂。老板一定是上夜班太辛苦了，才随便找了这么一个人。依我看啊，他早晚得闯大祸。要么和半夜喝醉酒的客人发生口角，要么算错账，再不然就是神不知鬼不觉地顺走点什么……我横想竖想，咱都应该联合起来向老板提一提意见。"

"具体我也不太了解，但……他看上去倒不像是坏人。"

"哪有人一出生就是坏人？你还没有什么社会经验，这就不懂了吧，越是像他这种呆头呆脑，笨嘴拙舌的人，越容易在背后动歪脑筋。老板也是一直待在学校里，根本不知道外面有多少险恶的人。"

"我晚上还要教他怎么结账，也很累啊，可是又有什么办法呢？

眼下没人上夜班啊。"

"所以说啊,你身边就没有能兼职的朋友吗?"

失策了。不该接她的话,让她有机会继续提问的。

"我没有什么朋友。"

"哎,一个年轻人怎么会没有朋友啊?不是正该多出去交朋友的年纪吗……"

什么?想找架吵呢这是?诗贤掩饰住自己的怒火,若无其事似的搪了回去:

"那您的儿子怎么样啊?上回您不是说他在家里只知道玩游戏,可叫人头疼了吗?"

"哎哟喂,我儿子可干不了这种事,最近说是要备考公务员……我说考什么公务员啊,不如干脆考外交部,当个外交官得了。他啊,还是有点儿学习头脑的。"

诗贤败下阵来,这大妈的战斗力真不是闹着玩的。

"外交官也是公务员好吧……"

诗贤用蚊子大点的声音嘀咕了一句,然后走到了收款机的显示器前,开始假装工作。吴女士又开始喋喋不休地念叨起笨熊来,还特意强调自己才是便利店的大姐大。可这些话不是应该冲老板说去吗?朝我发牢骚做什么?也许是这段时间老板突然对诗贤很好,让吴女士产生了妒意,所以才开始打压她。可是她们又不在同一个时间段工作,有必要这样吗?诗贤实在是想不明白。

这也让诗贤更加铁了心，无论如何她都要通过公务员考试，辞掉便利店的工作，而且还要在离开便利店之前，狠狠地嘲笑一番吴女士那没考上外交官的儿子。

吴女士留下一句"辛苦了"后，匆匆下了班。终于只剩下自己了！诗贤刚松了口气，就有客人来了。几个女大学生连说带笑地拥了进来，店里的空气也顿时变得活跃了。正是令人羡慕的年纪啊。不过你们的好日子也快到头了。等你们一离开学校，也会变成我这样，一边打工拿着最低时薪，一边找工作。想到这里，她不由得感慨自己老了，心情愈发沮丧。二十七岁的晚秋，要特长没特长，要钱没钱，要男朋友没男朋友……再过几年，就三十岁了。而三十这个数字也意味着青春已经走到了尽头。

"麻烦结账。"

诗贤猛地回过神来，只见三个大学生拿了一堆东西放到收银台上，正眼巴巴地看着自己。诗贤暂停了对年龄的计算，把注意力拉回结算商品上。

笨熊出现了，准备来吃蜂蜜了。眼看冬天就要到了，对一个露宿街头的流浪汉来说，只要能在温暖的便利店里过夜，不就已经是万幸了吗？然而他还能吃到免费的食物，挣点儿钱，这难道不就像吃了蜂蜜一样美吗？兴许他也意识到了这一点，所以今天也把自己尽可能地收拾得整洁干净，提前了五分钟来到店里。

第二章　极品中的极品

从八点到诗贤下班的十点，其间独孤需要向诗贤继续学习怎么接待客人和结账，十点以后则由老板给独孤培训夜班的工作内容。今天是第二天了，看这情形，恐怕还得再培训几天，独孤才能熟悉所有的业务。虽然这项额外任务是看在老板的分上才答应下来的，但诗贤似乎觉得可以把那份压力转移到熊大叔身上。他不过是个才上了一天班的见习生，来到之后却只是敷衍地打了个招呼，就径直走进仓库。过了会儿，他竟然还拿着咖啡出来，看着窗外喝了起来。喝的还不是麦馨[1]三合一速溶咖啡，是卡奴[2]美式黑咖啡！那是特地为老板准备的，平时就连诗贤和吴女士都不好意思拿来喝，这只熊却自顾自地喝起来，还故作优雅的样子，他当自己是孔刘[3]吗……真是太不像话了。

"晚上……总是犯困……所以一直在喝咖啡，这个……效果最好。"

不明情况的独孤突然来到诗贤身旁说道。

诗贤干笑一声，冷冷地回了一句：

"咱们老板患有糖尿病，这个黑咖啡是专门留给她喝的！"

独孤点了点头，自言自语地说了些什么。诗贤还以为他是在骂人，生气地问道：

1　编注：韩国咖啡品牌。
2　同注1。
3　韩国男演员，卡奴美式黑咖啡的代言人。

"你刚刚说什么了?"

"我说……不愧是老板啊……是她推荐我喝这个的……"

"什么?"

"糖尿病……有很多流浪汉……都得那种病……"

"你说什么?"

"流浪汉……整天吃些乱七八糟的……对肾不好……"

"你听谁说的?"

"早上……听早间频道那专家说的……我在首尔站天天看电视……所以知道。"

"好好,那您就多喝点,好好保重身体哈……"

诗贤再次提醒自己,少说为妙!吴女士话多,独孤结巴,诗贤自认为跟这两人都无法沟通,真希望能和一个说得上话的人共事。老板怎么会如此心胸宽广呢?因为她是老师吗?还是因为她是教会信徒?又或是说只要上了年纪之后,就自然而然地能修炼出这样的内功来吗?

当啷。听见有客人进来,诗贤向独孤使了个眼色。"欢迎……临"又慢了半拍。独孤说完之后,咕嘟咕嘟地喝完他的咖啡才来到收银台前。诗贤退到一旁,准备用一双鹰眼观察他怎么结账。可是,不好!来的竟是那个极品中的极品!这几天都没见他来买东西,心情别提有多舒畅了,却没想到今天好巧不巧撞上了独孤的培训时间……诗贤在独孤耳边悄悄说道:

"'极品'来了,快打起精神来。"

"什么?你说什么……品?"

"极品,就是那些专门爱找碴儿的极品客人。"

"啊,好的,极品……在哪儿?"

"嘘,别这么大声。啊……"

极品顾客好像听见了他们的对话,大摇大摆地朝着收银台走来。

诗贤还没来得及再给独孤提个醒,极品顾客已经把几袋零食甩到了桌面。独孤笨拙地拿起条码扫描器,那样子就像大猩猩握着智能手机似的,他在零食包装袋上五颜六色的图案中认真找着条形码。又错了。应该先问顾客需不需要购买袋子的。唉,不管了。听其自然吧。诗贤只是在一旁看着。独孤好不容易找到了条形码,用扫描器对着一扫,然后结结巴巴地说出了价格。

极品顾客把头转向诗贤,露出了嘲讽的表情,似乎已经觉察到她正在培训新员工。

"烟。"

独孤冲着极品顾客摇了摇头,说:

"……我不抽烟……"

"我是让你拿烟。"

"哦,烟……哪种?"

"喂,你对待客人这是什么语气?你多大?"

"不、不知道。"

"嘿,你这小子真逗,你是傻子吗?"

"不是啊……哪种烟?"

极品顾客冷笑了一声,看向诗贤。可是当诗贤正要伸手去拿货架上的烟时,却被极品顾客制止了。他直勾勾地盯着独孤的眼睛,说:

"我倒要看看你是不是傻子,爱喜幻变 4 mg 的,赶紧的!"

爱喜牌的香烟有很多种,特别不好找。尤其是爱喜幻变系列,除一般的幻变以外,还有幻变枇果冰激凌爆珠、幻变细支 LiNN、幻变莓果爆珠 Bing、幻变喜马拉雅等,种类多得叫人头疼。诗贤不抽烟,刚来便利店上班时,客人轻飘飘说出来的爱喜香烟的名字,就够她一顿好找了。这个极品顾客平时抽的是登喜路 6 mg 的香烟,这会儿为了为难独孤,故意挑了个难度高的。

没想到独孤却一下子找出了爱喜幻变 4 mg 的烟,直接就拿过来扫了码。极品顾客不太服气的样子,直接一甩银行卡。独孤老老实实地捡起来,结完账后把卡归还给了对方。

"袋子呢?"

极品顾客像是在考验独孤似的问道。诗贤努力按捺住自己的情绪,在一旁静静看着。独孤看看商品,又看看极品顾客,然后咧嘴笑道:

"你就……就拎着走呗。塑料……袋子……不环保。"

极品顾客绷紧了脸,上身逼向独孤,一副要吵架的架势。

"我家离这儿很远,没有袋子你让我怎么提回去?"

"那、那你就……花钱买呗。"

"谁让你不早点儿说?这么点钱还要我再刷一次卡?直接给我拿一个。"

"那……那恐怕……不行吧。"

"不是,你既然给客人带来了不便,是不是得想办法解决?这里不是便利店吗?我说得对不对?"极品顾客挖苦道。

半开玩笑半威胁式的语气让气氛变得紧张。事情越闹越大。忐忑不安的诗贤正要出面时,独孤忽然拍了一下手。

极品顾客和诗贤都还没搞清楚状况,独孤已经从仓库里拿着自己的环保袋出来了。那是个又脏又破的环保袋,上面还印着某志愿者团体的标志。独孤把包里的东西倒在收银台旁边,除圆珠笔和笔记本、过期的三明治以外,就没有别的东西了。接着,他将极品顾客购买的零食装进了空的环保袋里。极品顾客咂着舌,用看稀有动物的眼神打量着独孤。

"你干什么呢?"

"装这儿……给你带走……"

"拿这么脏的东西来装怎么行!"

"脏了……洗洗……就行。"

实在看不下去的诗贤终于开口道:

"对不起。他是新来的……我这就给您去拿塑料袋装起来。"

诗贤伸手去拿独孤的环保袋，独孤却纹丝不动。他挡在张皇失措的诗贤前面，将环保袋递到极品顾客面前。极品顾客狠狠地瞪着独孤，进退两难的诗贤也望向独孤。

独孤的一双小眼睛虽然像没睁开似的，却也因此显得愈发冷峻。他的嘴唇紧紧闭着，宽宽的下巴扬得老高，犹如一件强有力的武器。独孤依旧一言不发地举着环保袋。不知所措的诗贤再次看向极品顾客。尽管极品顾客对独孤横眉怒目，眼神里透着杀气，但似乎还是被独孤那毫不退让的架势给震慑住了。不一会儿，极品顾客一脸不耐烦地扯过环保袋，那袋子仿佛是沉重的秤砣般，他耷拉着一边肩膀悻悻地走出了便利店。

这场男人与男人的暗地较量在顷刻之间就结束了，诗贤整个人缩在一起，仿佛成了一只小虾米。就像刚才什么事也没发生一样，独孤又拿起圆珠笔，在本子上记下：一定要先询问顾客是否购买袋子……诗贤清了清嗓子，努力让自己忘却独孤那个充满硝烟味的可怕表情。

"不管怎样，刚才你没拿袋子给他是不对的。"

"对、对不起。我……忘了。你……明明跟我说过……"

"不用说对不起，下次别再忘就行了。还有……无论客人再怎么讨人厌，他也还是客人，不能和他们起冲突。"

独孤听后笑了。

"两人以下……都不成问题。"

也不知道他是说自己可以一挑二,还是说他同时接待两名客人也没问题,总之,在那张笑脸上,已经找不到方才那种冷峻的目光了。她松了口气,想起了刚才一直想问的问题。

"对了,你怎么这么快就能找到他要的烟?"

"昨、昨晚来买烟的客人很多……我一下子就背下来了。爱喜有爱喜 1 mg、爱喜金、爱喜金 1 mg、爱喜金 0.5、爱喜经典、爱喜绿竹 0.5、爱喜绿竹 0.1、爱喜金叶、爱喜金叶 1 mg……"

独孤像背诵九九乘法表一样,流畅地列举着香烟的种类。诗贤为此颇感吃惊,愣了一会儿,才打断独孤道:

"好了好了,这些你只花了一天就背下来了?"

"……反正整晚闲着也是闲着……又困……"

"难道你是个大烟鬼?"

"不、不清楚。"

"不清楚?你没印象自己抽过烟吗?"

"我不记得……自己抽没抽过烟了。"

"你是失忆了吗?"

"因为酒喝得太多了……脑子就……坏掉了。"

"那你还记得什么?"

"不、不知道。"

啊,该死……刚刚才记着要少说话的,又给忘了,诗贤心生后悔。不过,想到独孤刚才那样击退极品顾客,不得不说,真是十分痛快。诗贤决定，以后就算看见他再喝卡奴美式黑咖啡，自己也不会有任何意见了。

到了诗贤下班的时间，老板还没出现，诗贤便发短信问老板在哪儿，老板回复说："我刚参加完周三的礼拜回到家里，独孤从今天起自己上班。"诗贤回复："真没关系吗？"老板反问道："你觉得呢？"

"啊，嗯……"

诗贤沉吟片刻，扭过头去看独孤。他正在往空的货架上摆放火鸡面，嘴中喃喃地念叨着"劲辣火鸡面、芝士火鸡面、奶油……培根火鸡面"。看见他撅着屁股，嘴里念念有词地将方便面摆得整整齐齐，诗贤给了老板一个肯定的答复——没问题。

就这样过了一个星期。每晚一到八点，独孤就穿着同样的衣服，迈着同样不利索的步子，准时来到店里上班。不同的地方只有笨熊显得不那么"笨"了。虽然动作还是慢吞吞的，但是结巴的毛病已经有了很大改善，所以整个人看上去也正常了许多。再加上上班之后一直像个机器一样重复着相同的工作，所以独孤也渐渐掌握了工作内容，像清理户外桌子和室内桌子，往空货架上补货，对过期食品进行报废处理和下架等，不仅如此，他还会主动拿上抹布去擦拭饮料冰柜。

诗贤觉得似乎可以不用再给他培训了，该教的都已经教完了。

现在不用问人，独孤也能独自把工作完成得很好了。于是，诗贤开始对独孤产生了好奇心。尽管时间还早，便利店里却没有一个客人，诗贤和独孤站在柜台后面吃着紫菜卷饭，喝着牛奶。

"大叔，你白天都上哪儿待着呢？"诗贤喝完草莓牛奶后，向独孤问道。

独孤匆忙嚼了几口紫菜卷饭咽了下去，侧过头来对她说：

"老板……给我预支了工资……我用那钱……在首尔站对面的……东子洞……租了个……板间屋。"

"那你白天在板间屋里睡觉，晚上来这里上班？吃饭呢，也在那里解决吗？"

"板间屋……就像棺材一样……只能勉强躺下……下班回去吃个过期的三明治……等睡醒了又出门……去首尔站看会儿电视……然后到这儿来。"

"不去首尔站不行吗？要是见到那些流浪汉兄弟，你又变回流浪汉怎么办？"

"不会的……我要去首尔站……看电视，也看看来往的行人……"

"大叔，你现在说话已经好很多了。以前的事是不是也能想起来了？你的家、家人、工作，这些记起来了吗？"

独孤停顿了一会儿，摇了摇头，将剩下的两块紫菜卷饭一起塞进了嘴里，然后又拿起插着吸管的牛奶喝了起来。在诗贤眼里，独孤用力吸牛奶的样子，仿佛是在努力回忆过去，这是为什么呢？独

孤喝完牛奶后,用舌头舔了舔嘴唇,诗贤看着他那样子,问道:

"不管怎样,能在便利店上班还是挺好的吧?"

"都很好……就是不能喝酒比较痛苦。"

"大叔,你现在有工作,有住的地方,还有吃的,怎么还惦记着喝酒呢?"

"我可以睡在收容所里,也可以去救助站……吃饭……可是上班的话,就不能喝酒了……头痛。"

"哎,本来酒喝多了才会习惯性地头痛,你这是因为突然不喝了才这样。所以啊,你只要坚持下去就会好起来的,知道了吗?"

独孤冲诗贤笑了笑,一双小眼睛几乎都快看不见了。作为"便利店前辈",诗贤认为自己已经把能教的东西倾囊相授给这个理应是她"人生前辈"的独孤了。

"你毕业啦。老板说如果你都学会了,以后就可以不用提前两个小时过来了,所以,从明天开始十点过来上班就行。"

"谢谢……谢谢你教我。"

"哪里。"

"是真的……你好像很有……教人的天、天赋……一听就明白。"

"大叔很会说话嘛。我看啊,大叔成为流浪汉以前应该混得很不错……说实话,我总是说你,你有没有不高兴什么的啊?"

"没有……我……是空的……脑子真是空的,但你真的教得很好……不信的话……你传到网上去,那个收款机的使用方法……真的教得很好。"

"这些东西能上传到哪儿？"

"上传到优、优管上……"

"优管？你是说油管吧？上传这些有什么用？"

"有需要的人……要看……"

"看你这话一多，又开始重复了。你的意思是，让我把收款机的使用方法上传到油管上？"

"会很有用的，有那么多便利店……和那么多兼职生……只要像你教我的……那样……"

"大叔，我都自顾不暇了，干吗还要劳心劳力去录那些帮别人啊？每天回到家里，我连预习和睡觉的时间都不够呢。"

"你不是帮助了我嘛。"

"那是因为……老板吩咐的。"

"虽然是老板的吩咐……但你教得很好。"

诗贤一下子被他点醒了。不管怎么说，自己确实帮助到了这个男人，她也确实可以为此感到自豪。

"而且优、优管……那个还能赚钱，电视上说的。"独孤眼睛发亮，冲诗贤说道。

换作平时，诗贤也许会发出嗤笑声，但此刻她却陷入了沉思，努力回忆自己已经好久没登录的油管账号和密码。

"大家好，今天我们将继续来学习怎么使用ALWAYS便利店的收款机。"

诗贤一边用手机对着收款机的显示器拍摄，一边从容地对着花了26500韩元网购回来的麦克风讲话："上个星期我们已经了解了收款机的组成和基本用法，今天将会和大家一起进一步学习怎么分开结账，怎么退货，以及怎么充值交通卡和ALWAYS的积分。首先，让我们看看怎么进行分开结账。好，假设客人已经把选好的商品放到收银台上了。如果他说想一部分用现金支付，一部分用银行卡支付，我们也不用慌张，只要按照以下的步骤进行就可以了。"

诗贤用手机拍了一下事先放在收款机旁边的巧克力，然后接着说道：

"我们先扫一下商品的条形码确认价格，这个是3200韩元。客人说要用现金支付3000韩元，然后剩下的200韩元用银行卡支付。因为有的客人不喜欢零钱，所以偶尔会提出这样的要求来。那么，我们就在收款机画面上的'收款金额'一栏输入200韩元，这是银行卡支付的金额。然后把客人的银行卡插上去，按'结算'，200韩元就用银行卡支付成功了。现在还剩下3000韩元待支付，只要收了3000韩元的现金后，再按一下'结算'就大功告成了。是不是很简单呢？"

诗贤暂停拍摄，缓了口气，然后回看了一遍拍摄内容。画面里只出现了她的手、收款机和商品，她用低沉的声音有条不紊地介绍着分开结账的方法。就像刚开始教独孤时那样，诗贤讲得很慢，而且很细致，应该不会让机器盲们觉得很困难。事实上她自己本身也是一个机器盲，刚开始时很怕使用收款机。但现在，这对她来说就是小菜一碟，拍摄这样的视频也像下架到期便当一样轻松。

诗贤清了清嗓子，继续拍摄。

"接下来我们一起来学习如何退货。退货的话，首先要按一下'发票业务'……"

反响比预期的要好。当然了，油管上已经有很多关于便利店收款机用法的视频了。有的视频里，高颜值的主播和收款机轮流出现在画面上，一时让人分不清是在介绍收款机的使用方法，还是在展示主播的美貌。还有的视频制作精美，字幕和音乐编辑得就像综艺节目一样。跟这些比起来，诗贤的视频可以算是极简风了。虽然简单乏味，但似乎还是能吸引到一些实实在在想要掌握操作方法的人。最关键的是，诗贤还会一一回复便利店新手们的提问。

诗贤的收款机教学视频讲得比较慢，所以赢得了许多网友的喜爱。有评论说她就像教小学生那般耐心，讲得十分简单易懂。也有人夸她的嗓音低沉平稳，听着很舒适，没有紧迫感。看到这些评论时，诗贤经常会不自觉地在独自一人时发出声音来听一听。这个自己怎么听都觉得让人昏昏欲睡的声音，竟然在别人听来是舒服的声音，真是神奇。

独孤还是会提前一个小时来到店里，先把周边的卫生打扫干净，收拾好户外桌子，才和诗贤交接工作。现在他已经完全适应夜班的工作了，谁也无法想象一个月以前，他还是一个在首尔站里打地铺的流浪汉。他用自己的第一笔工资买了一件厚厚的白色外套，从那之后，他便从一头可怕的"棕熊"变成了可乐广告里那头"北极熊"。如同他健壮的块头一样，独孤给人一种非常稳重可靠的感觉，他成了老板和诗贤值得信赖的同事。昨天要不是他，圣诞树也不可能这么快就组装好。最重要的是，那个"极品中的极品"经过上次和独孤的较量后，就再也没有在便利店露过面了。这种人只会挑软柿子捏，遇到不吃这一套的人时，就夹起尾巴逃走，真是够讨人厌的。

只有吴女士还把独孤当成眼中钉，每次交接班时，都要向诗贤说上几句独孤的坏话才肯下班，这已经成了她的习惯。本就爱生气的吴女士似乎终于找到了出气筒。不过独孤对此好像并不在意。有一次，诗贤问他，吴女士会不会让他感到有压力时，他摇了摇头，微微一笑，说：

"说起压力的话……应该是那个。"

"嗯？"

"那个酒水冰柜……太近了……"

"不能再喝酒了！真的不能再喝了！！"

不由自主地抬高音量的诗贤顿感难为情，独孤似乎看出了她的心思，便点了点头表示答应。

"我也在……想办法克服。"

说完后,独孤咧开嘴笑了。诗贤松了一口气。看到卡奴黑咖啡被独孤喝光了的时候,诗贤现在也会自觉地为他补上。独孤让她体会到帮助别人是件有意义的事,也让她意识到,原来自己也是有能力帮助别人的。昨天在拍摄油管视频时,她想起了独孤,于是像教他时那样放慢了语速、有条不紊地进行解说。也许帮助流浪汉这类人的方法,就是要放缓速度、一步一步来吧。仔细想想,她一直认为自己是和社会完全脱节的"边缘人物",而现在之所以能找到和社会的关联,其实也少不了独孤的一份功劳。

平安夜的前一天,诗贤发现关联油管账号的邮箱里躺着一封陌生邮件,是一个声称经营了两家ALWAYS便利店的女人发来的,她表示想和诗贤一起工作,还留下了自己的电话号码。

什么?这是要挖她过去上班吗?

就为了区区一个便利店的兼职生?这说得过去吗?就算是真要挖人,这么做的理由是什么,对方能有什么提议?多给一千韩元的时薪?让她同时打两份工?各种疑问在脑海里如潮水般翻腾不息,唯一的解决办法就是打过去问清楚。小心谨慎的诗贤抱着隐隐一丝期待,怀着莫大的好奇心,拨通了发件人的电话。

电话那头传来一个沉稳的中年女声。对方先开了口,说看了诗贤的便利店收款机教学视频之后,觉得很不错。又介绍说自己在铜雀区有两家便利店,最近还新开了一家,所以急需一个负责人。换言之,她是想让诗贤过来担任店长一职,负责整间便利店。诗贤不敢相信,一时不知道该说些什么好。对方见状,便提议让诗贤先来自己的店里看一看,如果觉得可以的话,以后就一起工作。诗贤没想到的是,那家便利店竟然离她家还很近,于是答应了明天下班后过去。

便利店就在诗贤家前面那片小区,只有一站地。老板是个不到六十岁的大妈,虽然年龄与吴女士相近,但说话的语气和给人的印象和吴女士完全不同。这个老板露出和蔼可亲的笑容,用沉稳的语气对诗贤说,便利店就是她的事业,自己原本已经有两间店铺了,现在还打算再新开一间。她还强调自己十分需要一个值得信赖的店长。

"你为什么会跟我提出这个建议呢?"

诗贤不敢大意。她长这么大,别说这样的提议了,就连被别人称赞也是极其少有的事,所以不得不慎之又慎。

"看了你的视频之后,我就有这种想法了。无论是从你的语气还是从你教学的方式来看,都不像是在炫耀自己的能力,你会积极主动地照顾学生的感受。"

"是吗?"

"上个月我们店里新来了一个兼职,我直接让他跟着你的视频学习,所以你看,你已经在帮助我了。以后干脆就来我们店里直接给新人培训怎么样？我希望你能来帮我照看新店，时不时出差培训一下新人。当然了，出差费用我会另给。"

为了掩饰紧张的心情，诗贤紧咬着嘴唇。要是答应的话，她以后就是店长，是正式员工了。听完工资待遇后，她更是张大了嘴。不仅如此，那家新开的便利店就在诗贤家附近，只有五分钟路程。虽然她不好意思以便利店兼职生的身份撞见亲戚和熟人，但一想到是作为店长和他们见面，哪里还会觉得尴尬，腰板都似乎挺得更直了。

于是她决定跳槽，从一个便利店跳到另一个便利店。

诗贤步行回家，路上到处洋溢着平安夜的热闹气息，放眼望去都是情侣在街上散步，还有红色和白色的装饰品一闪一闪地点缀着街道。今年的圣诞节虽然还是没有男朋友，但她一点儿也不觉得寒冷。

新东家说十天后新店铺开业，希望她能够抓紧点儿时间。这意味着她将在新的岗位上开启新的一年。诗贤既担心又愧疚地等待着老板的到来。每天傍晚，老板都像下班后顺道过来瞧瞧似的，循例来店里向诗贤了解一天的情况，但以后就是别人来给老板汇报情况了。一想到这儿，诗贤不禁又是一阵愧疚。就在这时，老板拎着一个白色的袋子走了进来。

"我买了一些鲫鱼饼，一起吃吧。"

诗贤从白袋子里取出了一块可爱的鲫鱼饼。这鲫鱼饼就像老板温暖的心，诗贤一狠心咬掉了小鱼的头，然后把事情经过原原本本地告诉了老板。老板停下吃鲫鱼饼的动作，专心地听着，直到诗贤全部说完以后，她才看着诗贤，又吃起了鲫鱼饼。

"好事儿呀。"

"对不起，突然间说辞职……"

"没有呀，你在这里干太久了，我还担心这样下去是不是要对你负责到底呢。太好了，真的。"

"我知道您是故意这么说的。"

"你是这么想的吗？"

"是的。"

"那我就实话实说吧，今天就算你没提，我也正好有辞退你的打算。你也知道我们店里生意不好，而且吴女士和独孤都想多干一些活儿……所以我就想着把你的时间段分摊给吴女士、独孤，还有我，这样还能少给一份工资。"

"什么？"

"收入少了，人手自然也得减少。可是这份工作是吴女士和独孤唯一的收入来源，没法儿解雇他们啊。但诗贤你不管怎样还有家里人扶持着呢，而且距离考试也没剩多少时间了，正好可以趁这个机会把全部精力投入到备考中去，这样我解雇你似乎也比较名正言顺吧。"

"我才不信，您在和我开玩笑的吧？"

"是真的呀。"

"您快说这是玩笑话。不然我会伤心的。"

"你觉得伤心了，才能头也不回地离开啊。等你去了别的地方，就会开始想念这儿了。有了想念，才会更加懂得感激，对不对？"

"我现在已经很感激了！"

诗贤感到自己的眼眶湿了。稳重老练的老板笑着，继续吃着鲫鱼饼。诗贤强忍住泪水，也吃起了鲫鱼饼，甜甜的红豆香在口腔中弥漫了开来。

第三章

——

三角饭团的
用途

对吴善淑女士而言，这世界上有三个令她费解的男人。

第一个是她的丈夫。即使一起生活了三十年，她也无法预测这个男人明天会干什么。本来在中小企业安安稳稳地当着组长，有一天却突然撂挑子不干了；后来费尽千辛万苦开了一间店，经营了几年后，却又突然离家出走了。他从来就是这样一个固执己见、无法沟通的人。几年前带病回来时，善淑质问他为什么要活得如此随心所欲，他没有回答。气愤的善淑像惩罚他似的，每天不厌其烦地问了又问。最后也许是不堪忍受这个问题，丈夫再次选择了离家出走。善淑始终没有得到答案，现在更是连丈夫是死是活也不知道，她永远也不会理解这个男人，也无须再煞费苦心去理解了。

第二个是她的儿子。因为是独生子，又是她独自抚养大的，所以善淑向来对儿子都疼爱有加。可也不知道是不是应了"有其父必有其子"这句老话，长大后儿子变得越来越像他爸，越来越让人无法理解。大学一毕业，儿子直接进了大企业，直到那时为止，善淑都认为这么多年的辛苦没有白费。可是只在大企业里干了一年零两个月，儿子就放弃了这份人人称羡的工作，从那时起，善淑就有一种不祥的预感。果不其然，他开始学人炒股，把之前赚的那点儿钱全赔了进去，还说要当电影导演，去了一个什么教育学院上课，开始跟些游手好闲的人厮混在一起。后来还荒唐到借钱去拍独立电影，可结果呢？别说独立电影了，中途栽了跟头后，甚至得了一段时间抑郁症，还因此进了医院。

善淑想破脑袋也想不明白，为什么放着不用羡慕别人的轻松生活不过，非要去炒股、拍电影，做些不稳定而且风险高的事情？最后在善淑的苦苦恳求下，儿子才停止了白日做梦，转战备考外务考试。但他看上去总是一副郁郁寡欢的样子，让人不得不担心他的抑郁症随时都有复发的可能。每回看见他那样，善淑都心想，这小子，让他去太阳底下挑一担水泥试试，看还有没有这闲工夫闹抑郁。

光是丈夫和儿子这两个令人无法捉摸的男人，就已经让善淑的人生倍感吃力了。可是现在又出现了一个新的"问题人物"，让善淑想破头也想不明白。他是一个月前来便利店上夜班的兼职生——笨熊"独孤"。后来善淑才知道他以前是一个流浪汉，虽然受了不少惊吓，但那时老板廉大姐因为上夜班受了不少累，自己又帮不上什么忙，所以也别无他法。便利店正是缺人手的时候，还想继续经营下去的话，一个人都恨不得掰开两半来用，哪儿还有立场去反对呢？

所幸的是，这只笨熊安守本分地上着他的夜班，没有闹出什么大幺蛾子来，也没有像她担心的那样臭味熏天或者穿着邋里邋遢。廉大姐不无得意地告诉她，独孤用预支的工资租了个简陋的板间屋，买了新衣服和剃了头发之后，整个人焕然一新。真是菩萨心肠啊。廉大姐是积极的化身，一辈子都在教书育人，引导不良学生；而善淑则不同，她只知道一句简单明了的至理名言：本性难移。通俗点说，一块抹布无论怎么洗，都只是一块抹布。以前开室内大排档的时候，善淑就和各式各样的人一起工作过，见过各类极品。其中有个二十岁出头的兼职生，趁工作之便把收银台里的现金全都卷跑了，后来再见面的时候就是在警察局了，他的父母也在场；还有一个六十多岁的常客，有一次喝醉酒把东西给摔坏了，然后就拼命地跟善淑求情。这些人在得到善淑的谅解后，反倒开始不要脸地四处说善淑的坏话。所以，善淑宁愿选择相信狗，也不愿意相信人。只有自己养的小美和小黑才最忠诚，一心向着她。

因此，这个流浪汉出身的"笨熊"，即使在便利店度过二十个夜晚，吃再多的义城蒜蓉火腿，喝再多的艾草味饮料，善淑都不相信他能变成一个"人"[1]。他永远半闭着眼睛，眼神中透着不善，行为举止慢慢吞吞的，一次也没及时向客人或她打过招呼。像这种无法适

---

[1] 译注：在檀君神话中，有一熊一虎请求天神的儿子桓雄把它们变成人，于是桓雄给了它们艾草和大蒜，告知它们如果能吃下这些，并且百日之内不见阳光的话，就能如愿以偿。最后只有熊坚持了下来，仅过了 21 天就变成了一个女人。

应社会的人，在善淑看来是绝对不可能轻易改变的。

可是，不可思议的事情再次发生了。仅仅过了一个星期，笨熊就变成了"人"，还是一个相当不错的人。他只花了三天的时间就掌握了所有工作内容，又过了三天，他的行为举止都灵敏快捷了许多。不管见到客人还是善淑，竟然都能及时点头问好了。之前的他分明连对视都很困难，更别说问好了，他究竟是如何做到这么快就适应社会的呢？这对善淑来说又是一个不解之谜。继丈夫和儿子之后，独孤成了第三个令她感到费解的男人。但不同之处在于，前两者是因为一直以来都让善淑失望透顶，所以她没办法理解；而后者则是因为经历了一次近乎改头换面的大变身，所以让她感到不可思议。难道仅仅是廉大姐那点儿帮助，就真的能使一个人有如此大的变化吗？流浪汉独孤的过去是怎样的？为何能转变得如此之快？善淑不禁好奇起来，但是连廉大姐和诗贤也没能打听出半点他的过去。酒精中毒性痴呆令他丧失了大部分记忆，大家只是称呼他"独孤"，但谁也不知道那是他的姓氏还是名字。

"好好想想，我看你现在状态也恢复了很多。"

"不、不知道。想多了……会头痛。"

每次问独孤，独孤都用他那硕大的手掌揉搓着脸这么回答她，善淑也只能干着急。而且独孤从来不主动去了解自己的过去，这一点同样很可疑。一般来说，精神状态恢复了之后，不都会好奇自己以前是做什么的、有什么家人、自己是谁之类的吗？在这些方面，善淑感到无法理解，仍然把独孤当作一头熊。当然了，熊终究不是狗，所以对善淑来说，独孤依旧是无法信任的。

因为不理解和不信任，善淑对待独孤还是不冷不热的，廉大姐却把独孤当成自己的弟弟那般对待，诗贤和他似乎也很聊得来。每次交接班的时候，善淑一向诗贤打听起独孤，诗贤都会说独孤再正常不过了，还说虽然不清楚他在沦为流浪汉之前是做什么的，但感觉分明是有点本事的。

"呵，那头笨熊是'有两把刷子'，每次跟他说话都没把我给急死。"

"他结巴的毛病已经好很多了。我记得在哪里看过，一个人如果长期不说话，嗓子就会发紧，引起口吃。我之前不是给独孤培训吗？刚开始真是一点儿头绪也没有，但幸好他很快就都理解了。我来这里花了四天时间才学会所有业务，可他差不多只用了两天就上手了。而且烟的种类只花了一天就全背下来了……学习能力是绝对有的。"

"牧羊犬也有学习能力呢。"

"咳，这哪能一样。而且，我看他有时候还挺有气场的，面对不讲理的客人也毫不示弱，用吓人的表情给唬回去。总之，依我看，他以前再不济也应该是个饭店老板级别的人物。"

"噗，恐怕是在哪个黑帮里当小弟，自己手底下还有几个小喽啰的那种吧？"

"其实我也这么怀疑过，但应该不是，他不像是那种会犯罪的人。"

"是啊，他不是待在牢里，而是待在首尔站里，这才是问题。"

"流浪汉怎么了？您不能这么戴着有色眼镜看人。"

"诗贤我跟你说啊，偏见可不都是坏的，活在这个世界上不时刻小心是不行的。"

看诗贤面露无奈，善淑瞟了她一眼，仿佛在说你一个年轻人懂什么，然后结束了对话。不管是廉大姐，还是这个年轻的兼职生，心肠都太软了。善淑决定自己一定要狠下心来捍卫这个岗位。

善淑给儿子做好早饭后，八点前来到了便利店。独孤站在收银台后面打瞌睡，见她来了才猛地睁开眼，打了个招呼。善淑爱理不理地走进了仓库，穿好工作制服出来时，不识相的独孤仍呆呆地杵在柜台后面。善淑像赶苍蝇那样摆着手让他出来，他才打着呵欠从里头走出来。善淑来到收款机前清点钱数，问：

"有没有什么要特别交代的？"

"没有什么……特别的。"

"确定吗？"

独孤挠了挠头，想了一会儿说：

"世界上……没有什么是确定的。"

什么？谁在这儿跟你探讨人生大道理啊……善淑从鼻子里发出

哼的一声，结束了清点。

　　不一会儿，独孤令人费解的行为开始了。他应该八点下班，却迟迟不走，在货架前来回走动，井然有序地整理货架上的商品。不知道是不是有什么强迫症，他拿着那些商品横摆竖摆，大汗淋漓地折腾了约莫三十分钟。不错是不错，但趁着半夜没客人的时候把这些弄好，下班后直接回家不是更好吗？他却非要等善淑来了以后才慢悠悠地开始整理货架。摆放整齐后，独孤又拿着清洁工具走出便利店，用抹布擦拭户外桌子，清扫门口周围的垃圾。一系列行为结束后，才坐在外面的椅子上，一边呆呆地看着去上班的人，一边享用着刚过期的牛奶和面包。

　　一定是因为还没摆脱流浪汉的本性，不愿意回到自己的小屋里，所以才那样，善淑心想，然后自顾自地忙起来，就这样忙了一会儿再一看，独孤的身影已经不见了，百无聊赖的一天又开始了。

　　来便利店的客人都不会觉得收银台后面的店员盯着自己看。然而，不管是"故意为之"还是"无心之过"，偷东西的人比想象中要多。尤其是像善淑这种看上去又胖又笨的大妈站在那里的话，更容易让小偷们掉以轻心。但经验丰富的善淑总能迅速地捕捉到动机不纯的客人，像刚才进来的男孩偷偷拿了两个三角饭团，也没能逃脱她的法眼。最近学校放假，上午虽然有不少学生来店里买东西，可那个男孩看上去并不像是正在放假的学生。男孩大概十五岁，个头和善淑一般高,脸色阴沉,穿着破旧的衣服,像是在元晓路和电子商街附近晃荡的不良少年。

男孩在货架前走来走去,偷偷地打量着善淑,趁她不注意的时候,麻利地把两个三角饭团塞进外套,然后又在货架间徘徊了一会儿,才走向柜台。在这短短的时间里,善淑的脑海中已经闪过无数种对付男孩的方法。她也犹疑过有没有必要因为两个三角饭团就和这个男孩起正面冲突,因为谁也不知道他身上会不会带刀。但善淑最讨厌的就是别人以为她好欺负,较真的个性让她迅速打消了疑虑。

"阿姨,这儿卖'嘉蒙'吗?"

"什么'嘉蒙'?这儿没有。"

男孩好像根本不在乎她的回答,问完后立即转头离开,但善淑瞅准时机,一把抓住了他的手臂。男孩仿佛挨了当头一棒,吓得回过头来,拼命地想要挣脱善淑的手。

"把你偷的东西拿出来。"善淑怒目圆睁,盯着男孩说道。

男孩不知所措地僵在原地。

"也不看看我是谁?还不快点!"

"唉……该死的……"

男孩悻悻地骂了一句,将另一只能活动的手伸进外套里。善淑心里一紧,担心他拿出来的是把刀,为了消除自己的紧张,她的手攥得更用力了。

男孩拿出三角饭团放到柜台上,却只有一个。善淑不依不饶,朝男孩努了努下巴。

"都拿出来，趁我还没报警前，赶紧的！"

善淑就像训斥小黑时那样喝道，声音低沉而严苛。就在那时，男孩又把手伸进外套，飞快地拿出三角饭团，直接扔向善淑的脸。啪——三角饭团正中善淑的眉心。善淑眼前一黑，不由得松开男孩的手臂。"该死！"男孩大骂一声，转身准备夺门而去，身后的善淑脸上还在火辣辣地烧着。可不料外面有个像熊一样的大块头堵住了玻璃门。那不是别人，正是独孤。

"喂，嘉蒙——"

独孤推开门进来，冲男孩微微一笑。男孩不知所措地向后退了几步。独孤像是来取回自己放在这里的东西一样，淡定地用一条胳膊就圈住了男孩，径直朝善淑走去。男孩束手无策，硬是被独孤拖到收银台前。善淑这才勉强回过神来，也走出了柜台。

"这小子……忘了结账……对吧？"

"哪里是忘了！送他去警察局，赶快！"

男孩被独孤的胳膊束缚着，一直低着头，善淑像是故意让他听见一样，大声说道。独孤却只是紧紧地箍住男孩让他动弹不得，他也只能微微地扭动两下脖子。火冒三丈的善淑继续追问道：

"怎么？你认识他？"

"我叫他嘉蒙……因为他整天来找根本没得卖的嘉蒙……之前都是在我上班时来……今天貌似来晚了。嘉蒙，你……今天的肚脐表[1]……是不是不准了？还是……睡懒觉了？"

独孤询问男孩的语气就像对朋友说话一样。但男孩噘着嘴不回答，一副与己无关的样子。什么情况？难道那小子每天在独孤上班时过来偷三角饭团？不可能啊，数目每次都是对的。那么说来是这头熊一直在照顾他？本来独孤及时出现把男孩抓住，让善淑颇生好感，可这会儿这点儿好感已荡然无存，反而怒气填胸。

"他之前在这里偷过东西对不对？你老实说！"

"没有啊。"

"不可能，他刚刚没结账就想逃跑，还用三角饭团砸我！！"

独孤立马转过身去，把男孩扶正，视线从男孩身上挪到善淑旁边的三角饭团上。他俯下身捡起饭团，递到男孩面前问：

"这是你……干的？"

"……是又怎样。"

"不能……这么做。"

"我知道。"

听着两人一来一回的对话，善淑更是气不打一处来。明明自己才是受害者，他们两个在谈什么？

独孤朝啧啧咂舌的善淑转过身，把三角饭团递给了她。这是要干吗？

---

1 编注：韩语中戏称以肚子饿猜时间。

"请结账吧。"

善淑哼了一声,但是独孤表情坚定,迟迟不肯收回手,让她莫名地升起一股紧张感,这才拿起条码扫描器,扫了两个三角饭团的价格。独孤从口袋里掏出一张皱皱巴巴的五千韩元纸币递给了善淑。善淑小心翼翼地接过来,放进了收款机里,仿佛那不是钱,而是虫子似的,然后给独孤找了零钱。

但独孤还是没有把手收回去,一直举着三角饭团。

"拿开。"

"账……还没算完呢……拿这个扔回他吧。"

独孤朝着男孩努了努下巴。这家伙这是让我学那小子吗?无论是一脸认真的独孤,还是站在他身后像等待被处决般垂头丧气的男孩,都让善淑无语至极。

"请快点儿吧。"

这次换独孤催促道,善淑回过神来,心想不能让他继续主导局面。

"还不拿开!难道我会像个小孩一样扔饭团?拿走,管你们是吃还是扔。"

善淑狠狠地怒斥道。

独孤却笑了。居然还笑?善淑感到荒唐至极。独孤抓着男孩的肩膀转向善淑。

"她原谅……你了。赶紧……道歉。"

男孩的头垂得更低了,长了两个旋的头顶清晰地展露在善淑眼皮底下。

"对不起。"

男孩抬起头说道,声音小得跟蚊子似的。善淑摆摆手,仿佛不想再看见他。独孤把手臂搭在男孩的肩上,就像家长领着儿子一样,走出了便利店。两人在外面的露天桌子坐下后,撕开了三角饭团的包装纸,看上去很和睦。

善淑看着两人说说笑笑地吃着三角饭团,心想,刚刚发生了什么?一个男孩进了店里偷东西,自己出面制止,反而被饭团砸中了眉心。这时候独孤出现了,不仅把逃跑的男孩拦了下来,还帮他结了账,让他道了歉……

受害者不是被小偷用饭团砸中脸的自己吗?可是她还没来得及发火,独孤就已经迅速地解决了这件事。通常遇到这种情况,善淑都会怒不可遏,四处宣泄自己的不满和怨愤。可是这一次,怒火却神奇地被浇灭了。她想不到还有什么其他要说的。

看着独孤和嘉蒙像一对贫穷父子一样,坐在外面吃着"三角早餐",善淑心里生出别样的感受。一点安心,再加上一些宽容,还有一种莫名的兴奋,这些都让善淑感觉容光焕发。自己也成了这台奇妙"三角戏"中的一角,这让善淑感到莫名地有趣,好像自己也应该撕开一个三角饭团,加入他们的队伍。

独孤应该一直在关照着这个不良少年,所以这个少年才会这么听独孤的话……虽然善淑的眉心还有些火辣辣的,可是对于向来得理不饶人的善淑而言，发生在自己身上的这种变化，更让人感到新奇。

总而言之，她的心情变好了。

神奇的是，从那之后，善淑再看见独孤时，不再像原来那样觉得难以理解和心烦意乱了，而是有了一种奇妙的安心感。或许不只她有这种变化，整个便利店上午的氛围也像一点点转移的太阳光线那般，正在悄悄地发生着变化。

附近的老太太因为嫌便利店里的东西贵，以前都爱去小卖部，但现在也会推开便利店的玻璃门进来逛逛了，看见在店里打扫卫生的独孤，还会拍拍他的背，絮絮叨叨地问这问那。独孤领她们到货架前，给她们介绍"买二赠一"或"买一赠一"的促销商品。

"这个和这个……这样买，真、真的……很划算。"

"是啊，这样买下来，比超市还便宜呢。"

"我就说嘛，便利店不一定都贵，这大叔还教我们怎么买划算，多好啊。"

"我们眼睛不好使，看不清这些字。哪里会知道买一个还能再送一个，又怎么会信得过这些啊？"

独孤把老太太们挑好的商品放在篮子里提到善淑面前，冲她露齿一笑，那样子就像金毛叼着球回来问主人讨零食似的。可是结完账后，他居然提着满满一篮子的东西，随老太太们一同出去了，过了很久才重新提着篮子回来。问他干吗去了，他说东西太沉，就帮着她们一起提回去了。这又是什么先进的配送服务？善淑虽然不屑，但确实得益于独孤的敬老配送服务，老太太们才成了便利店的常客，上午的销售额因此提高了不少。一到假期，老太太们就把自己的孙子孙女带在身边，好像随身携带菜篮子那般寸步不离。而这些孩子总是很有办法哄到老太太们掏腰包，给他们买饮料。

"上午的销售额怎么涨了？"

面对廉大姐的疑问，善淑将全部功劳揽到了自己身上，一个劲地吹嘘自己上午多卖力地工作，只字不提独孤成功招揽老太太们带着孙子孙女来店里光顾的事。不过，她也不算完全没有良心，现在见到独孤会主动聊上几句，态度也变温和了。

"最近你还有给那小子买三角饭团吗？我上班的时候连他的影儿也没见过了。"

"现在……不来了，他说他回家了。"

"你信吗？听说现在离家出走的孩子都挤在半地下室里一起住……"

"我去看过了……没有。"

"去哪儿看过了？"

"半地下室……嘉蒙原来和其他孩子一起住的地方。"

"嗯？你去那儿干吗？"

"因为担心就去看看……不过去到以后，说是房子已经退了……人都不知去了哪儿。"

"不是说你担心那种孩子不好,但你不应该先照顾好你自己,赶紧找个像样的住处吗?"

"我……不需要,所以……才叫流浪汉的嘛。"

"你现在已经不是流浪汉了啊,你有一份正儿八经的工作了。"

"我……还差得远呢。"

"有什么远的啊?"

"什么……都还远着呢……"

"人老实还懂得谦虚,哎呀,很抱歉之前一直都误会你了,我不说你也懂的吧?"

"我……不,是我……让您误会了……对不起。"

"不管怎样,板间屋那儿不能长住,哪怕找个小单间也好,觉一定要睡好。"

"谢谢……关心。"

独孤像只听话的大狗点了点头,然后慢慢悠悠地"下班"了。世界上竟然还有像他这样白白多上四小时班的兼职生?不过也因为这样,便利店的销售额提高了,善淑的工作也变得轻松了,慢慢地,她开始信赖独孤了。大概就是从那时起,像熊一样的独孤看起来像狗了吧。

到了年底,廉大姐说诗贤跳槽去了同一连锁品牌的其他分店,需要重新调整上班时间。什么?跳槽?独孤给人免费配送,诗贤跳槽……这个便利店的员工可真是花样不少啊。善淑暗下决心,自己一定要成为这家便利店的顶梁柱,所以当廉大姐提议增加工作时间时,她很爽快地就答应了。就这样,诗贤的工作时间分给了她和独孤、廉大姐。善淑的下班时间因此比平时晚了两个小时。

因为新年的到来和工作的增加,善淑希望自己能再加把劲,但可能是又长了一岁的缘故,她总是很容易就感到疲劳。家里也是一片狼藉。因为比之前晚了两个小时才下班,所以儿子经常自己煮面吃,吃完后既不洗碗也不收拾,什么都不管不顾。要说儿子是为了专注学习才这样的吧,房间里的网游声音又太大了,善淑只觉心中一片凄凉。

总之,自己不在家的时间越长,家里就越乱,除此以外,儿子不会做其他任何有贡献的事情。善淑也不指望他能尽孝道,或者分担家务,只要他能照顾好自己就可以了。可是新的一年到了,自己身为母亲,还在不计辛劳地干着更多的活,而三十岁的儿子,还像个不懂事的孩子一样。整个中学时期,儿子都在努力扮演一个三好学生的角色,从来没有怎么好好玩过,也许正是因为这样,现在才想要来弥补那份缺失,重新体验一下不良青年的人生。看着一个三十岁的备考生,还像个终日沉迷于网吧和枪战游戏里的青少年一样,善淑只有满心的无奈和满腔的愤懑。

下班回到家后,善淑忍无可忍,敲响了儿子的房门,敲门声却被游戏噪声淹没了。她扭了扭门把手,门锁上了。瞬间,善淑感觉这个门把手就像是儿子冰冷的手，只有在需要她的时候才会找她。善淑怒火中烧，使劲拍打着门，仿佛恨不得把门砸烂似的。

"儿子！开门！！出来和妈妈聊聊吧！！"

直到敲门声和叫喊声的分贝高过游戏声，儿子才打开门，俯下头看着她没好气地说：

"不用说了，我知道您要说什么。"

儿子的语气很冲，就同刚才游戏里的枪声一样。他的脸上泛着油，透出憔悴的神色，鼓鼓的大肚子底下穿了一条短裤。大冬天的还穿着短裤……一天到晚只知道窝在家里吹暖气，真叫人寒心！现在哪里还能想象他第一天去大企业上班时的样子？那个穿着藏蓝色西服，发型理得整齐利落的儿子早已不见了踪影。现在俨然就是一个足不出户，甚至连房门也不出的窝囊废。

善淑失望地看着儿子。但儿子并不理会，正当他准备回屋时，善淑突然紧紧地抓住了他的手臂，指甲盖都快要嵌进肉里头去了。大概是衬衫底下的手臂被抓疼了，儿子登时瞪大了双眼，回头看向她。但善淑还是不肯罢休，又往手上加了把劲儿。

"放手，我要去学习了。"

"骗谁呢！你这一天天的到底在干什么？嗯？"

"不是您让我考外交官的吗？学累了，玩会儿游戏，休息休息怎么了？我是小孩子吗？我也是考上过名牌大学，进过大企业的人，学习我自己有分寸，用不着您在这儿瞎操心。"

"你这臭小子！说这些还有什么用？瞧瞧你现在什么样子！天天只知道待在房间里打游戏、吃泡面，这样能行吗？哪怕出去散散步也好啊，再不然就自己搬到考试院[1]住！！"

"哎呀！烦死了……听得我都快烦死了！！"

儿子大吼着，一把甩开善淑的手，进了房间。砰！房门关上了，随即"啪嗒"一声上了锁。善淑心房的锁似乎也被锁上了。她像砸门一般，用力地拍打起房门。儿子刚才就像看一个疯子那样瞪大了眼睛看自己，而现在她真的就像一个疯子般拼命地拍打着门。然而回应她的，只有比刚才更高分贝的游戏声。听着那愈发猛烈的枪声，她感觉自己也被打成了一个马蜂窝。

手敲累了，她就用额头去撞门。咚！咚咚！咚咚！等额头也撞得发麻时，她才停下来，背过身去一个人抹眼泪。无论心里再难受，也没有丈夫和她一起分担。过去她总是炫耀自己的儿子进了大企业，现在儿子变成这副模样，她即便心里有苦也无处可说，万一被当初眼红她的那些同学知道了，肯定会在背后议论个没完，那些闲言碎语仿佛已经从远处飘进了她的耳朵里。

哭累后，善淑睡了过去，第二天早上还是准时在七点醒来。但令她糟心的是，起来后儿子的房间还在响着游戏的声音。她披上大衣，早饭也没做就逃也似的离开了家。她真想丢下这个家，丢下儿

---

[1] 译注：韩国的一种住房形态，本来是为了给考生专心学习和独自生活的起居设施，主要集中在大学周边，特点是房间很小，租金低廉，可短租。

子,独自逃得远远的。可是她唯一能去的,就只有她上班的这个地方而已。

善淑推开门走进便利店时,发现独孤不在收银台那儿。回头望去,只见他正在埋头整理方便面。都和他说了不必摆得这么整齐,他却像个强迫症患者一样,非要把每件商品都摆得整整齐齐的。这种行为和自己不争气的儿子仿佛形成了鲜明的对比。这是她第一次觉得,自己的儿子竟不如一个刚刚摆脱流浪汉身份的中年大叔,这种想法更徒添了她心中的悲凉。

"您来了?"

正在摆放商品的独孤突然开口道。瞬间,善淑的情绪涌了上来,她哽咽得说不出话,连忙进了仓库。换好工作制服后,她的眼泪还是没有止住。我的儿子竟然连一个流浪汉都不如……不,独孤已经是一个和社会接轨的正常人了,口吃的毛病也好了很多。相反,天天宅在家里沉迷游戏的儿子才是一个与社会脱节的失败者,前途一片渺茫,唯恐别人不知道他和他爸一副德性似的。万一自己不在了,他可能无法靠自己立足社会,最终沦落为流浪汉,居无定所……这样的想法不断涌上善淑的心头,她瘫坐在地上哭了起来。

善淑的情绪稍微平复了些后,看见仓库的门敞开着,独孤站在那里低头望着自己。

独孤默默地走到善淑跟前,向她伸出了手,善淑扶着他的手站了起来。随后独孤又递了一团皱巴巴的纸巾给她,善淑用那团纸擦了擦眼泪、鼻涕，还有口水。她不断调整呼吸，体内仿佛有什么东西直往上涌。

善淑被独孤领到了外面，早晨明媚的阳光从便利店的落地窗投射了进来。独孤走到饮料冰柜前，拿出了一瓶玉米须茶。

"难过的时候，喝玉米……玉米须茶好。"

这又是什么奇怪的说法？独孤扭开玉米须茶的瓶盖，把饮料递给了善淑。看着递到眼前的好意，善淑还是接了下来。为了把反胃的那种感觉压下去，她咕嘟咕嘟地灌下玉米须茶，就像夏天喝生啤时那样。

喝饱了之后，善淑不能自已地倾诉起来。独孤仿佛也在等她开口似的，耐心地听着。善淑站在柜台前，擦拭着眼泪，一说起自己不争气的儿子，就像泄了闸的洪水般停不下来。站在对面的独孤连连点头，听她诉说她心中的郁结和烦闷。

"我实在是不理解，为什么放着稳定的工作不干，非要去走一些歪路，荒废自己的人生呢？炒股、拍电影，这些和赌博有什么区别？我儿子到底是哪里出了问题？嗯？"

"嗯……他还年轻嘛。"

"他都三十岁了，三十岁啊！说白了，就是一个三十岁还不能自立的无业游民。"

"您和他……聊过吗？"

"他根本不听我说，整天嫌我烦，躲着我。多少次都是我硬拉着要跟他谈的,可是他都不搭理我,见了我掉头就走。对那小子来说,我就像个保姆,再不然就是房东大妈!"

"您先听听……他怎么说吧。您一直说他不、不肯听您说话……可是您好像也……从没听他说过。"

"什么?"

"就像您现在耐心地听我说话一样……您也听他说说,为什么……要辞了工作……为什么炒股……为什么拍电影……这些。"

"不用听也知道!不都是因为他想一出就是一出,结果还都搞砸了嘛。而且,我都说他现在根本不肯和我说话!"

"那以前应该也有……谈过吧?"

"唉……已经是三年前的事了。那会儿他说要辞职,把我气得可不轻。我不就问他,多不容易才进了这么好的大企业,怎么好端端地就说要辞职呢?"

"那您知道……他为什么要辞职了吗?"

"都说了不知道嘛。"

"那就再问一次,问他为什么……要辞职,有……什么难处,这些只有他知道。您儿子的事情……您也有必要了解。"

"我怕他真会辞职,就忍不住凶他。问他为什么要辞职吧,他也答得含混不清,我就让他无论如何也要干下去。可他还不是一冲动就辞了职,跟他爸突然离家出走时那股冲动劲一个样。"

善淑一股脑地说了一串自己的事,眼眶也变得湿湿的。她忽然

第三章 三角饭团的用途

想到，独孤看见自己这样不知道会做何感想，才强忍住要夺眶而出的眼泪。独孤脸上的肌肉抽动一下，他沉思片刻后，突然冲善淑淡淡地笑了笑。

"原来您是害怕，害怕他……会像他父亲那样啊。"

善淑的眼泪一下子止住了，情不自禁地点起了头。

"对，就是说啊。我满以为他会和他爸不一样……可能是我没教好吧……我也尽了我最大的力，可是儿子他不理解……一天到晚只知道待在房间里打游戏……哎。"

独孤又递了一团纸巾给善淑。正当善淑擦眼泪时，店里来客人了。独孤进了仓库，善淑也整理了一下仪态，重新走向收银台迎接顾客。

等客人走后，独孤才又来到善淑面前。平复下来之后，善淑尴尬地朝独孤笑了笑。

"我是不是说太多了？一直以来太压抑了……也无处可倾诉……跟你说完以后，我感觉好多了，谢谢你啊。"

"这就对了。"

"什么？"

"只要说出来就好了。"

善淑瞪圆了眼睛，耐心地等他说下去。

"您也听听儿子倾诉吧，听他说完……会好起来的，哪怕只是一点点。"

善淑这才意识到自己从未认真听过儿子说话，总是希望儿子能够按照自己的意愿生活，却从未真正关心过品学兼优的儿子有什么烦恼和困难，为什么会偏离了母亲给他铺设的轨道。一直以来，她都在纠结于儿子偏离轨道的问题，却从来无暇听听当中的缘由。

"这个……"

独孤突然拿了什么东西放到收银台上，是买二赠一的三角饭团套餐。独孤朝满脸疑惑的善淑咧嘴笑道：

"拿回去给您儿子吧。"

"给我儿子？……为什么？"

"是'嘉蒙'告诉我的……玩游戏时……最适合……吃三角饭团。您在您儿子打游戏的时候……拿给他。"

善淑默默地看着独孤放下的三角饭团，想起儿子一直都很爱吃三角饭团，她刚来便利店上班时，儿子还让她把过期的三角饭团带回去给他吃。但不知道从什么时候起，善淑就没有再给他带过三角饭团了。因为她不想看见儿子窝在房间里边打游戏边吃饭团的样子。

善淑一言不发地低头看着三角饭团，耳边传来了独孤喃喃的说话声。

"但是只给饭团的话……还不够，信……也要一起给。"

善淑抬起头看向独孤，独孤也在注视着自己。此刻的独孤，在她眼里就像一只金毛猎犬。

"在信里……告诉他……虽然一直没和他好好聊过，但现在您

第三章　三角饭团的用途

想好好听他……说说。然后……把三角饭团……放在信上面。"

善淑又低头看向独孤递来的三角饭团,咬着嘴唇。独孤从裤子口袋掏出三张皱巴巴的一千元纸币。

"我请客,快……结账吧。"

善淑像听从上司的指示一样,拿起三角饭团开始扫码。听见"嘀,支付成功"的提示音后,缠绕在善淑脑海中的不安情绪似乎也得到了"清算"。善淑对独孤的话再次点了点头,在宁愿选择相信狗也不相信人的善淑眼里,现在的独孤看上去就像一只老实温顺的大狗。

独孤咧嘴笑了笑,转身离开了便利店。当啷。门口的铃声响起时,善淑就像条件反射般,开始在脑海里构思信中要写的内容。

第四章

——

买一赠一

京满私下里经常把那家便利店叫作"麻雀磨坊"。是的,他这只"麻雀"今天又要飞去"磨坊"了。在京满小的时候,有一首脍炙人口的歌曲,叫作《麻雀的一天》。歌手宋昌植用他那悠长嘹亮的声音吟唱着:"天亮了,一如既往地,今天也要飞到山的另一边去衔谷粒,天亮了。"这首歌曲把普通人比作麻雀,安慰着为了生计每天疲于奔命的人们。作为一名诞生在"新韩国"时代的小学生,那时的京满已经对这首歌曲感同身受,常在嘴边哼唱了。总之,对于那时不想上学的差生京满而言,人生就是接连不断的苦日子罢了。

有的人说"独酒"是一种浪漫,也有的人说"独酒"是一种潮流,总之,当"独酒"逐渐成为一个热词的时候,京满给出的解释是:在下班回家的路上,坐在便利店外面的桌子旁,吹着凉飕飕的风,再来上一瓶烧酒。去他的浪漫,不遭人白眼就不错了。

京满具体也记不清是从什么时候开始,便利店外面那张露天桌子成了他固定独自喝酒的地方。大概是从天气渐渐转凉的时候开始，京满经常会去便利店转一圈，吃桶泡面再回家。他的夜宵总是大同小异，一桶泡面，外加一个三角饭团，一袋炒辣白菜，最后再来上一瓶红盖的真露烧酒，如此一来，就是一顿无比丰盛的夜宵了。从那以后，京满便成了一只每次经过磨坊都会停下来的麻雀。每天在半夜十二点左右，他都会来到便利店，花五千多韩元买点酒和下酒菜来暖暖身子。一口热腾腾的滚汤，一口冷冰冰的烧酒，心情舒畅了，身子也热乎了。便利店货架上陈列着各式各样的桶装泡面和三角饭团，每天都能换着搭配，这样就不会感到腻烦了。

今晚的菜单是：芝麻拉面、金枪鱼紫菜卷饭、真露烧酒。这是京满在几个月的实践中总结出来的最佳组合，他把这三样东西称为"金三角"。毫无疑问，这是京满用来结束一天的不二选择，也是性价比最高的穷人夜宵。

可是，今天便利店收银台那儿站了一个陌生的男子。这个男子身材高大魁梧，目光给人一种压迫感，与之前那个面包超人大叔给人的印象截然不同。京满讪讪地把真露烧酒、芝麻拉面和金枪鱼紫菜卷饭放在收银台上，男子不慌不忙地拿起条形码扫描器开始结账。

"五千……两百……块。"

男子不连贯且生硬的语气同样令京满感到浑身不自在。他飞速地结完账，在收银台旁拿了双一次性筷子，就径直向便利店外面的桌子走去。把食物放在桌上后，他又从包里掏出了随身携带的烧酒纸杯。这下只等面熟了就可以开吃了。京满揭开桶面盖子的同时往便利店里瞄了一眼。不好，竟然跟收银台那个熊一样的男子对视了。京满立刻收回目光，撕开了调料包。

重新返回便利店里接水时，京满想起了上周还在这儿工作的面包超人大叔。那个大叔看起来像是内退后才来到便利店做夜班兼职的，因为长着一张圆圆的脸，加上一颗光溜溜的光头，所以京满私底下叫他面包超人。面包超人大叔对京满格外亲切，每次京满来买桶装泡面时，大叔都会贴心地给他装好一次性筷子，并且经常对他说"请慢用"。偶尔有刚刚过期的火腿三明治，大叔也会热心地告诉京满，如果不介意的话就拿去吃。这就是奋斗在生活前线的战友默契和惺惺相惜的瞬间。

那么，现在这个代替面包超人大叔在冷清的便利店里上夜班的男子又是谁呢？在等泡面泡开时，京满在心里揣测着。看他态度生硬，又不怎么熟悉服务行业，那眼神说不上来到底是傲慢还是困乏，还总是警惕地望向正在喝酒的京满，完完全全就是一副老板做派，那感觉和每天让京满如同身置炼狱的公司老总差不多，所以，这个男子应该是这家便利店的老板。肯定没错，因为便利店的生意不好，他才把面包超人大叔给开除了。一时间又没什么法子应付，就雇了几天邻居的老太太来照看生意，但还是不行，最后才不得不亲自出马。也有可能是因为面包超人大叔工作快要满一年了，所以才被炒鱿鱼的。因为如果工作满一年的话，老板就要给他支付退休金。这就和京满公司的合同工是一个道理，不管他的工作做得有多出色，干到差不多十一个月的时候还是会被开除。

一想到这个长得像熊一样的男子是这家便利店的老板，京满的酒劲儿就上来了。他呼呼地吹了几下辣丝丝的芝麻拉面，大口地吞了下去，紧接着又干了一杯烧酒。自从檀君建国[1]以来，韩国的经济就从来没好过，公司的状况一直都是那么艰难。老总以公司经营困难为由，取消了大家的中秋奖金，可是没过多久他就给自己换了一台车，还是那种在路上遇见会自动避让的昂贵进口车。京满的工资已经连续四年没涨过了，他压根儿就没有机会去和老总谈涨工资的事，沦为同事们调侃的谈资倒是有他的份儿。这样的待遇，即便立马撂挑子不干，也不会让人觉得奇怪，可是他不能没有这份工作，所以在他的眼里，老总就像地狱里的阎王爷一样。

即便回到家里，也不代表着就能从地狱中逃脱出来。到了明年，家里的双胞胎就该上中学了，到时候需要花钱的地方可就更多了。妻子也在做着副业，把心思都放在维持这个家的生计上，根本没有多余的精力照顾京满。京满已经很久没感受过家人给的温暖、安定和慰藉了。下班后在家享用的夜宵菜单里，烧酒也被除名很久了，因为妻子觉得在家里喝酒对孩子不好，所以不让他在家里喝。就连他唯一的爱好——在电视上看韩国职业棒球联赛的资格也被剥

---

1 译注：檀君，名王俭，是朝鲜建国神话中的人物，被认为是朝鲜民族的始祖。

夺了。工作过度劳累，使得京满无法兼顾家人，而且他赚的钱还不多，所以在家里也得不到好脸色。时间一长，妻子就开始感到厌烦了，而京满对家人同样也不够关心。到头来，对于妻子而言，自己成了一个毫无存在感的丈夫，对于一对双胞胎而言，自己成了一个无趣的爸爸。这样的情况到老也不会有什么反转。不，如果被公司开除了，而且找不到新工作的话，恐怕他连现在这个地位也保不住了，难道他的人生要以这种反转或者说是悲剧结尾吗？

从哪个环节开始出错了呢？在过去的四十四年里，京满一直脚踏实地地过日子。大学毕业后，先从最艰难的药品销售干起，然后卖过保险、汽车、印刷造纸和医疗器械等，兢兢业业地奋斗在自己的销售岗位上，慢慢地积攒着经验。京满很清楚，自己既没有好的家庭背景，也没有可以称道的才能，所以只能把踏实肯干和待人亲切的优点当作武器在战场上厮杀。后来从客户方那边认识了比自己小四岁的妻子，结婚后生了一对双胞胎。那时的京满心想，原来像我这样的人也能过上这种好生活啊，甚至还自豪地认为，自己的日子比那些含着金汤匙出生的家伙过得更好。

但随着时间的流逝，差距便逐渐显现了出来。那些起跑线比自己领先一截的家伙，在日复一日的工作中越来越得心应手，不断地累积着能力和财富。京满却成了战壕里一名弹尽粮绝的士兵，只能赤手空拳地冲向战场厮杀。无论怎么赚钱，钱永远都不够花，还明显地感觉到自己的体力在一点一点流失。可以说，支撑自己踏实肯

第四章　买一赠一

干和待人亲切这唯一优点的,就是体力。但随着年龄的增长,体力逐渐跟不上,原本的优点变成了无能和卑微。不仅如此,体力还支配着精神,当无精打采的日子越来越多时,自己就越来越不受老板和同事的待见。

京满沉浸在苦涩的思绪里,一杯接一杯地喝着酒,不知不觉只剩下了半杯。芝麻拉面里的鸡蛋还没完全泡散开,烧酒就见底了,这可怎么办?但要是再来一瓶的话,第二天恐怕就起不来上班了。年轻时就算喝上个三四瓶再睡,第二天上班也照样跟个没事人一样。再看看现在,只要超过一瓶酒的话,第二天去上班时,就很可能会吐在挤得水泄不通的地铁上。

是叫恢复能力吧?那个东西已经在京满身上找不到了。年轻的时候即便犯了错,也还有挽回的心力,就算宿醉一整晚,次日只要洗个热水澡就能马上恢复过来,但这种恢复能力如同游戏的血槽变空一样,正迅速地从他的人生中消失。京满把剩下的金枪鱼紫菜卷饭一口吞了下去,又一口气喝掉了芝麻拉面里的汤,然后把最后半杯烧酒也干了。就这样,京满结束了一天里唯一的休闲模式,开始收拾桌子。

第二天深夜,依旧是这个长得像熊一样的男子,无精打采地给京满结账。这次他记得把一次性筷子递给京满了。仅一天的时间,他貌似就已经适应了便利店的工作,看来学习能力还不错。所以他才能在跟面包超人大叔差不多的年纪里,当上便利店老板吧。这个年纪，别人刚内退，而他已经积累了一定的财富，过上了悠闲的生活，时不时地在自己的几个便利店里转一转，偶尔作为消遣，临时补上兼职的空缺。

京满带着羡慕和无力感，结束了这一天里唯一的乐趣。那个男子依旧在打量着京满。不知道他会怎么看京满呢？大概会认为京满过着失败的人生，是那种过得紧巴巴的普通家庭里的一家之主吧。不管怎么说，京满毕竟是客人。每天花上个五千韩元来这买点儿吃的，吃完之后还会把桌子收拾得干干净净的再走，算得上是一位模范客人了。虽然便利店老板的目光让京满感到浑身不自在，但他绝对不会让别人抢走他的这个位置。

转眼一个多月过去了，2019年也快结束了。这一年，别提升职了，能不降薪就已经不错了。一想到家里的双胞胎明年要升中学，京满就感到胸口闷得慌。妻子也小心翼翼地对他说过，等孩子们升了中学，就该送她们多去几个补习班了。尽管京满也赞成妻子的话，但还是觉得心里堵得慌。等到快受不了的时候，他就在这样寒冷的夜里跑到便利店，坐在外面的桌子喝点儿烧酒，只有这样才能让他有所缓解。

京满不知道老板是什么时候坐到自己身旁的。难道是因为天气寒冷，加上疲惫和醉意，才让蜷缩着的自己迷迷糊糊地睡着了吗？醒来时，京满看到老板披着白色外套，像只北极熊一样坐在他身边，嘴里哈着白气。

"大叔，在这种地方……睡觉的话……会冻死的。"

老板的口气仿佛把京满当成了流浪汉。慑于他的块头和老板身份，京满强压住内心的怒火，只是默默地往杯里倒上烧酒。

"就算……喝酒，也抵御……不了寒冷。"

这个老板说话慢吞吞的，不知是没怎么把京满放眼里，还是说他们这些悠闲的有钱人说话本来就是那个样子。总之，这让京满很看不惯。他心情不爽地又干了一杯酒。

"我觉得挺暖和的啊。喝完这些酒我就走，所以请不要来烦我。"

带了点儿抵触情绪的京满说罢，拿起了烧酒瓶。可是竟然没酒了！京满惋惜地咂了咂嘴，感到一阵尴尬。但又不能再喝了……真是烦死了。无论如何也不想让老板看见自己狼狈的样子。就是那个时候，老板说了句"请稍等一下"，然后站起身回到了便利店里。什么情况？

没过一会儿，老板就拿着两个大号咖啡杯大小的纸杯出来了。京满瞪圆了眼睛，老板在自己面前放下一个纸杯。定眼一看，里面盛着的是淡黄色的液体，还加了两个冰块，让人联想到了装在玻璃杯里的威士忌。不对，这明明就是威士忌。怎么？难道他还往酒里下毒了？京满十分警觉地看向老板。老板朝他扬了扬下巴，示意他喝点，然后自己也举起杯喝了一口。这气定神闲的姿势，一看就喝过不少洋酒。老板的样子让京满想起自己做药品销售那会儿，陪着那些医生兼教授去包房酒吧,看见他们坐在那儿就像喝大麦茶一样喝着"炸弹酒"的情形。

看京满一动不动地坐着,老板又拿起杯子喝了一大口,只留下了冰块。啊……看着老板那陶醉无比的表情,京满也不服输似的,拿起纸杯一口气喝光了。冰冰凉凉的液体从京满的喉咙直接涌入胸口,像是要把五脏六腑全都冻住一样。如果是洋酒的话,应该会有热辣辣的劲头蹿上来,现在却只有冰冷的凉气涌上来。这是怎么回事?

"爽吧?"

"这到底是什么?"

"这是……玉米须茶,心情不好的时候……最适合喝它了。"

居然是加了冰块的玉米须茶……京满一时间竟不知道该做出怎样的反应。

"玉米须茶……因为颜色像酒……所以感觉就像在喝酒一样……喝下去也舒服。"

什么?这人要不是个怪胎的话,就一定是在拿自己找乐子,京满心想。但他又不能因为别人好心拿给他的是饮料而不是酒,就冲人家发火。京满勉强点了点头,从座位上起身准备收拾桌子。

"我以前也……每天都喝酒。"老板朝京满低声呢喃道。

京满怔了一下,重新坐回位子上。

"因为……天天喝酒,人都喝坏了,无论是身体,还是脑子。

第四章　买一赠一　　115

所以……"

老板说着说着停了下来，直视着京满，那眼神让人背脊发凉。京满有些不知所措，明明是自己喝了酒，怎么反而好像是他在耍酒疯。为了赶紧离开这里，京满急忙开了口：

"所以呢？是让我别再来的意思吗？"

老板扬了扬嘴角，把手伸向怀里。怎么？难不成他还要掏刀？京满浑身的细胞都紧张了起来，可是，老板从怀里又掏出了一瓶玉米须茶。

"喝……玉米须茶吧。再喝……一杯吧。"

老板就像跟自己熟悉的酒友喝酒一样，把只剩下冰块的两个杯子又倒满了。他到底还是把纸杯端了起来，要跟京满碰个杯。京满心想："这都什么呀？"但同时又像犯了职业病一样，把自己的杯子稍微放低了一点后，和他的杯子碰了一下，然后就一口干了下去。啊……真冰啊。

"我之前……好像也喝过不少……这种颜色的酒。"老板放下杯子说道。

当然了，像你这样的老板，洋酒自然是喝了不少，钱也赚了不少，现在的任务就是好好保养身体，舒舒服服地度过人生下一阶段。

"但是……现在只喝这个。没有酒……也能生活。"

"这是让我戒酒的意思吗？"

老板面无表情地点了点头。京满心中的火气噌地一下蹿了上来。

"那还不如让我别来店里了，您管我戒不戒酒呢？"

"我……想帮帮您，我每天都给您倒……加冰的玉米须茶，配着泡面，还有紫菜卷饭……一起吃。这样就……不会想喝酒了。"

"我在这儿喝酒，碍着您做生意了吗？我随便乱扔垃圾了吗？每天我都收拾得干干净净的。帮什么帮？您干脆直接让我别来了！"

京满站起身，头也不回地走了。桌子就留给那个胡言乱语的老板自己收拾吧。反正今后也不会再跟这里打交道了。还有什么必要留个好印象？不知道是因为酒醒了才感到寒冷，还是因为冬天凌晨的冷空气唤醒了酒意，但京满意识到，那个属于自己的"麻雀磨坊"消失了。为了掩盖自己的失落，京满一边走一边使劲地踢踏着皮鞋。

到了年底，聚餐的次数越来越多，京满三天两头就会带着满身酒气回到家里，自然也就不会想念在便利店独酌的时光。那家便利店就在从地铁站到家最近的路线上，每次经过，京满也只是用醉醺醺的双眼瞟一眼而已。自己不再光顾后，那家便利店外面的桌子变得更加冷清了。真是活该。

不知不觉迎来了 2020 年。对于过去的一年，人们就像换衣服一样，把脏衣服丢在洗衣机旁边，然后换上了新的华服。妻子和升上中学的双胞胎女儿们也都欢欢喜喜地迎接新一年的到来。孩子们的个子已经长到京满的肩膀了，再过不久，京满就会变成这个家里最矮的人（结婚之前，京满和妻子一样，都是一米六八，现在妻子仍

第四章　买一赠一　　117

然是一米六八，但京满也不知道是因为上了岁数驼背还是怎么回事，体检时测出来的身高是一米六六）。

不光是身高缩水了，随着年纪变大，京满的自尊心也在逐渐崩塌。而这些都源于在公司遭受的屈辱和家人对他的冷落。在公司和客户那里受到的打击，通过辞职也许就能解决问题。但家人对他的漠视，真让京满不知道应该怎样面对。辞职之后离家出走？那他就真正变成一个流浪汉了。京满今年的目标，就是逃离这个受尽白眼的公司，找份新工作。虽然妻子可能会担心，但就算是少赚一些钱，京满也想换一份能受点尊重的工作。不过，如果钱赚少了的话，这次就会是家人们不给他好脸色看了吧。对于京满而言，新年一点也不像新年，还不一样是个冬天。难道不是吗？2019年的12月和2020年的1月都一样的寒冷。看着那群因为新年到来而激动万分的人们，还有铺天盖地的迎新年促销活动，京满皱起了眉头。

京满想喝酒了。但是，在这新的一年来临之际，京满唯三的酒友里，有两名酒友已经宣布戒酒了，另一名酒友回老家种地去了。新年会的氛围也随着时代改变了。因为送年会上已经喝过酒了，所以大家都提议，新年会改成简单吃个午饭就算了。仿佛全世界只有京满被孤立了，在家里被家人有意无意地孤立，在公司被领导同事明目张胆地孤立，在外面被这个世界完完全全地孤立……种种原因唤醒了京满血液里对酒精的渴望。

对于被世界完全孤立的人来说，最好的解决方式就是自己喝点儿了。可一个人去酒馆胡吃海喝一顿的话，无论是经济还是精神上，对京满来说都是一种负担。还是在下班以后找一找能自己喝酒的便利店吧。但是冬天里门口还会摆户外桌子的便利店也就只有那家了。就是有只奇怪的北极熊拿玉米须茶当酒喝的那家便利店。那个老板也真是奇怪，一直都不招夜班兼职，全是自己亲力亲为。真是的，当老板的不应该多提供点儿就业岗位吗，就因为他一直什么都自己做，所以才产生不了"涓滴效应[1]"嘛。路过便利店时，京满小声嘟囔着，脚步却突然停了下来。

不知为什么，便利店外面的桌子上摆着一桶芝麻拉面。

金三角！

京满有点想念这个组合了。在这新的一年里，似乎只有它们，才能安慰到依旧苦闷和一成不变的自己；也只有它们，才能开启属于京满的新年。不管了，就算摆在那儿的芝麻拉面是北极熊用来钓三文鱼的鱼饵，京满也要去吃掉它。京满体内忽然充满了力量，就算北极熊这时闯到自己的餐桌上，他也有信心把北极熊的脑袋撕成玉米须。

"啊……好久不见啊。"

老板依然还是慢吞吞的老样子。看着边结账边打招呼的北极熊

---

[1] 编注：经济学概念。指在经济发展过程中不给予贫困阶层、贫困地区或弱势群体特殊优待，而是由先发展起来的群体或地区通过消费、就业等方式带动其发展和富裕的促进经济增长的理论。

老板，京满只是用眼神回应了一下，就立马来到外面的桌子上。他不顾寒冷，迅速把热水倒入桶面，撕开紫菜卷饭的包装，打开了烧酒，突然发现没有杯子。之前包里一直都随身放着烧酒纸杯的，可是后来被京满拿了出来。重新买吧，又嫌烦，去跟北极熊老板借吧，又好像给了他诟病的口实。行吧，就这么喝吧，不就是烧酒吗？对瓶吹呗。

就在那时候，老板走了出来。强装淡定的京满一下子就注意到了他手里的电风扇，于是把头转了过去，仔细一瞧，那不是电风扇，而是暖风机。不知道北极熊老板从哪里拽出来个插座，把暖风机的插头插上之后，放在京满身边，打开了开关。

老板冲着不知所措的京满抬了抬手，示意他取个暖，然后看了看桌子，重新回到了便利店里。虽然有点搞不清楚状况，但是暖风机徐徐散出的热气，让京满僵硬的脸逐渐放松下来。不知道是因为冬日的寒风，还是因为好久没来感到尴尬，面部一直紧绷着，吹了一会儿热气后，就完全舒展了开来。

"杯子……只剩这种了。"

北极熊老板又走了出来，把之前装玉米须茶那种大号纸杯递给了京满。京满无言地接过杯子，放下，在心里琢磨着是不是得说点什么。

"谢谢。"

"谢……什么？"

"杯子和……暖风机。"

"前段时间您没来……差点儿就派不上用场了。"

"啊？您说暖风机吗？"

"您不是喜欢来这里嘛……但见您有段时间没来……我寻思可能是天太冷……就买了个这个……总之您能来真是太好了。"

北极熊老板木讷地说完这些比暖风机更暖心的话后便离开了。京满连面坨了都没注意到，只是一杯接一杯地喝着烧酒。

真暖啊。

烧酒很暖，盛烧酒的杯子很暖，老板特意为京满准备的暖风机也很暖。虽然京满感到被全世界孤立了，但至少在这个地方，他没有被孤立。这该死的一点都不方便的便利店，一下子又变回京满的专属空间。京满突然有种作为 VIP 回归的感觉。

不一会儿的工夫，京满就把"金三角"都解决掉了。虽然还想再取一会儿暖，但他也知道自己应该走了。然而，老板仿佛是来要债的一样，又出现在京满身边。一只手里拿着的应该是装了冰块的纸杯，另一只手里拿着的是玉米须茶。我的天啊。

算了，再怎么说他看着也比自己大个十岁的样子，就把他当成甲方，跟他喝一杯再走吧。京满双手端着杯子，接着老板倒的玉米须茶。

"很辛苦吧？"

两人碰了碰杯后，老板问了个答案显而易见的问题。京满沉默地点了点头。老板用手来回摸了几次下巴之后又问道：

"您是做什么工作的啊？总是……这么晚下班。"

切，套完近乎之后就想调查我的个人信息了？

"销售员。"

"销售员……都……卖什么啊？"

管我卖什么呢，你又买不了。

"卖医疗器械。"

"医疗器械的话……那是给医……医院供货的吧？"

怎么？你还有一家医院不成？

"是的。"

"医院的话……应该挺累的……您有孩子吧？一眼就能……看出您身上肩负着……家长的重任。"

这下直接打听个人隐私了？这大叔问得也太多了吧？家长的重任？我倒想知道你几斤几两。

"我看老板您也是一个家长吧，生活嘛，不都是这样。"

"回家这么晚……见孩子一面都不容易吧，是……女儿吧？"

怎么？这家伙难道会算卦？不不不，反正不是儿子就是女儿嘛。

"嗯，两个女儿。"

"真好，女儿……最好了。"

老板用他那像熊掌一样厚实的手摩挲着自己的脸。看着那略显凄凉的样子，不知怎的，京满轻慢的态度也开始有所转变。他习惯性地掏出了自己的钱包。钱包里的照片是双胞胎女儿刚上小学时拍的,两个孩子咧嘴笑的样子,就跟复制粘贴出来的一样。因为回家晚,常常见不到女儿们,更多时候,京满都只能看看钱包里孩子们六年前的样子。

京满把钱包递给老板,老板一看到照片,就像发现了稀世珍宝一样,目不转睛地盯着照片中的孩子们。

"两个孩子真漂亮……分不清楚……谁是谁了。"

"双胞胎嘛。"

"也……也是,就是为了一双漂亮的女儿……才这么努力工作的吧。"

"父母不都是这样吗?"

"当父母……很难吧?"

"嗯,难哪。"

虽然明知道对方在循循善诱,京满还是上钩了,就像决堤的大坝一样,开始絮絮叨叨地说个不停,嘴上仿佛装了马达。他说起即将上中学的两个孩子不太爱跟自己说话,又说起了妻子对自己的"压迫",自己在公司越来越糟的处境和受到的无视,以及客户对自己的蔑视……京满喷着唾沫星子,絮絮不休地跟便利店老板倾诉着,那样子既像是被鬼神附了身,又像是在做忏悔。

老板又倒了一杯玉米须茶给京满。也许是因为说得口干舌燥了,京满咕咚咕咚地喝了一大口。渴是解了,但很快就像宿醉过后那样,一阵羞耻感袭上心头。

"辞职……不容易啊……和家人们在一起的时间……也不够。"

"……又没什么法子能缓解这种痛苦。"

"所以您……才在下班之后……来这里喝酒啊。"

"对。"

"那……还是喝玉米须茶吧。"

"啊?"

"把酒戒了,喝……玉米须茶吧。您不是说……妻子不让你在家喝酒吗?喝玉米须茶的话……就能光明正大地在家吃夜宵了。和家、家人一起。"

"您说什么?"

"我戒酒也才两……两个月,但还是能……办到的。"

老板弄得好像他是最早发明玉米须茶的人一样,说着还想给京满再倒一杯。但京满拎起包,腾地站起了身。

"我吃好了。"

京满鞠了一躬后转身准备离开,老板冲着他的背影小声念叨着:

"不喝酒的话,第二天……神清气爽,工作效率也会有所提高。"

当然了,效率提高的话就能升职加薪,多好的事儿,这谁不知道啊,净在那说些废话。

和北极熊老板进行了那次不太愉快的交谈之后,京满为了避开他的便利店，不得不绕远路回家。换了路线之后，虽然要多爬十级台阶，还要路过一条积雪比较多的阴冷巷子，但是不用再看到那副自以为是爱说教的面孔，这一切就都值了。京满下定决心，以后再也不去那家多管闲事招人心烦的便利店喝酒了。

可笑的是，自从不去那家便利店以后，京满发现竟然没有一处可供自己喝独酒的地方了。虽然也找到了几家价格便宜的酒馆，但还是徒增支出。附近的其他便利店又都要等到春天才会把桌子搬出来。

该死，不喝了！京满决定下班后直接回家。看到京满在十一点之前不带一丝酒气回家，妻子和女儿们都感到分外陌生，但出乎意料的是，她们都对京满新年做出的戒酒决定表示支持。戒酒决定？可能因为新的一年来了，才让家人们产生了误会。但久违地看到她们为自己打气加油，京满还是感觉挺开心的。于是，京满干脆趁此机会，决心把酒给戒了。就这样，下班之后，京满越来越想早点回家，独酒的念头也消失不见了。

下班之后，京满也不看棒球比赛了，而是和妻女一起看别的节目，他才发现原来有这么多好看的节目。每到星期三，京满都会早早地回到家里，和女儿们一起收看《请给一顿饭 show》。大女儿常常问，节目组为什么不来青坡洞？如果姜虎东能打扮成圣诞老人来我们家就好了。晚出生五分钟的小女儿则晃着"洞辰肯"炸鸡店的传单，说自己更喜欢传单上打扮成堂吉诃德的李敬揆。每逢那种日子，就算订炸鸡外卖吃,妻子也会睁一只眼闭一只眼。女儿们知道爸爸早回家就能吃到炸鸡后,也都很开心。

因为什么开心?炸鸡?还是爸爸?无所谓,管他呢。能坐在一起吃鸡,这才叫一家人。

春节假期回到老家时,京满也一口酒都没沾。逢年过节,父亲和他的兄弟们都会喝醉酒打花图[1],打着打着牌就变成了互相攻击。他们见京满滴酒未沾,就说他小家子气得很,妻子和母亲却为此感到很欣慰。

春节假期过后没几天,京满晚上下班回家时,不由自主地又经过了那家便利店。现在就算从那家便利店门口经过,京满也不会被它吸引进去了,甚至都不会注意到便利店了,因此脚步也比以前自然多了。也不知道北极熊老板有没有找到夜班兼职,在好奇心的驱使下,京满还是忍不住把目光投向那家便利店。

收银台没有人,但户外桌子上放着玉米须茶,这也证明了那个北极熊老板还在。真是个有趣的人啊。像上个月被芝麻拉面吸引那样,这次京满又被玉米须茶吸引了过去。

京满默默地看了一会儿桌上的玉米须茶,然后拿起来,走进了便利店。

---

1 编注:指韩国花图(gostop)。花牌不是韩国固有的,而是19世纪从日本传过来的娱乐。以12种花草为牌,每种花有四张牌,一共48张牌。

当啷。

便利店里没有人,安静得仿佛处在真空状态下。此刻的京满忍不住想喝一口玉米须茶,但收银台那里既没有北极熊老板,也没有兼职生。真不愧是不便的便利店啊。

这时,老板伸着懒腰从仓库走出来,就像刚刚从冬眠醒来走出洞穴的熊一样,他那又高又壮的身影也逐渐显现出来。看见京满后,他露出笑容,走到收银台后面。京满也不好意思地笑了笑,心里琢磨着应该说些什么。

"最近怎么样?"

"呃……挺好的,您最近……怎么样?"

"托您的福,挺好的。"

然后陷入一片尴尬的沉默。京满这时才把玉米须茶放到了收银台上。

"多少钱?"

"免费的。"

"为什么?"

"就是为了给您……才摆在那的。"

"这是为什么?"

"呃……我说过……这玉米须茶跟酒一样会上瘾……如果每天喝个两三瓶的话……也算是给我们这小店创收了。您就当作……这是诱饵吧。"老板结结巴巴地说道。

虽然这话很难令人信服,但京满还是选择了相信他。

"谢谢。"

京满点头示意了一下。

"不过……您把那个买走吧。"

京满顺着老板指的方向看过去,收银台前面摆放着莱家巧克力。

"对,就是那个,买一赠一的。"

巧克力旁边果然贴着"1+1"的标签。京满按照他的指示,拿了两块巧克力放到收银台上。

"青坡洞最漂亮的……就是那……两个一样漂亮的孩子……很喜欢这个。"

结账的时候,老板还是像以前那样漫不经心地说着,京满的心却扑通扑通地跳起来,他把卡递给老板,干咽了一口唾沫。

"孩子们特别喜欢这个巧克力……但不知道从什么时候开始就不买了……只……只买'买一赠一'的巧克力奶。所以……我就问她们,你们不爱吃……这个巧克力了吗?"

"……然后呢?"

"也不知道是大女儿还是小女儿,反正……其中一个是这么说的,因为现在……巧克力现在不是'买一赠一'了。"

"……"

老板把卡还给了京满。京满只是愣愣地接过卡,不知道还能做些什么。

"所以我就……试探性地说,孩子们,这个……才、才多少钱,让妈妈给买呗。然后……你知道……孩子们说什么了吗?"

老板一字一句说得非常慢,慢到京满都快窒息了。

"她们说什么了?"

"她们说……妈妈告诉她们……爸爸赚钱不容易……应该省着点花……去便利店的话……就选'买一赠一'的商品。唉,多节……节俭啊,孩子们……太懂事了。"

"……"

"从昨天开始,这个巧克力又……变成'买一赠一'了,所以今天您给孩子们……买回去,然后告诉孩子们……让她们以后过来买吧。"

看到京满流下了眼泪,老板干笑了一声,然后咚咚地敲了两下收银台的台面。京满用大衣的袖子拭掉泪水,对老板点了点头,然后把卡装进了钱包。

钱包里,女儿们的笑脸也是"1+1"的。

第五章

——

不便的
便利店

人这一辈子就是在不停地解决问题。斑驳的人行道上，仁景吃力地拖着行李箱一边走一边四处张望着，身后的行李箱发出哐当哐当的声音。今天，仁景最先需要解决的问题就是找到一个越冬的落脚点。幸运的是，这个落脚点已经有着落了。但对于她这么一个路痴来说，要穿过首尔这些老旧的巷子，找到目的地，终究不是一件易事。从南营站一下车，仁景就打开了手机地图，并顺利走到了青坡教会，但当她来到教会后面的小巷子时，仁景的 iPhone 突然自动关机了。冬天来了！每到冬天，仁景这部旧 iPhone 总是毫无预兆地强行罢工，这让仁景寻找落脚点的难度瞬间又提升了一个等级。本来想给别人打电话求助一下，但这棵最后的救命稻草就这样随风而逝了。去他……仁景忍住呼之欲出的一串脏话，打算找个地方问问路。

在巷子与巷子间的一个小三岔路口处，仁景发现了一家便利店，她使出浑身力气拖着行李箱，径直朝那里走去。毕竟是家便利店，总归能给点儿便利吧。仁景把行李箱放在便利店门口，然后从货架上随手抓起一板长方形的巧克力。转过身去就是收银台，一位个子很高的二十几岁女兼职生站在那儿，正关注着仁景的一举一动。

结完账之后，仁景马上撕开巧克力的包装咬了一口。因为一直拖着行李箱走路，她的四肢都累得直打战，补充了点糖分后，才感觉好多了。仁景觉察到兼职生在看自己后，匆匆地吃完手中的巧克力，然后像嚼口香糖一样嚼着嘴里的巧克力，厚着脸皮走去问兼职生："我可以打个电话吗？"

兼职生同意了仁景的请求，仁景感激地看了看她，然后迅速把行李箱放倒，从里边掏出了一本小册子，所幸电话号码都记在了上面。仁景在便利店的座机上按下一串号码之后，从电话那边传来了一个稍显稚气的女大学生的声音。仁景先向对方表明了自己的身份，又一五一十地讲述了因为手机没电而跑到便利店借电话的事。"便利店？您现在在ALWAYS吗？"听到仁景肯定的答复后，对方笑着说自己就在对面住宅的三楼。仁景听后，放下电话向外望了望。对面住宅三楼的窗户开着，窗边的女孩正冲仁景挥着手，那个女孩笑起来和熙秀老师一模一样。

今年秋天，仁景是在原州朴景利土地文化馆里度过的。土地文化馆是创作大河长篇小说《土地》的已故作家朴景利女士专门为作家后辈们建立的地方，这里为文人墨客和艺术家们免费提供创作空间和一日三餐。仁景成为作家之后，第一次来到土地文化馆生活，那时的她打算在这里为自己的作家生涯画上句号。

仁景把大学路的出租房退了，行李全寄回了老家，只拖了个行李箱就来到了这里。土地文化馆坐落在原州市郊区一个安静的村落里，就像一个供作家们藏身的要塞。在这里不会受到外界的干扰，非常适合独处，每天在小路上一边散步一边整理纷飞的思绪，还能享受到文化馆提供的健康饮食。每个人都像一颗行星，小心翼翼地公转着，同时也在悄悄地关注着别人，这样的生活也别有一番趣味。有些作家会在午餐之后打乒乓球，有些作家会在晚餐之后拿上米酒，跑到附近的小溪边聚在一起畅饮。如果放在以前，仁景肯定会凭借活泼开朗的性格，融入其中任意一个圈子里。但这一次，仁景想要专心度过自己一个人的时光。因为如果在这里都没法写出什么东西来的话，她就打算放弃写作了。但是，即便是和自己独处，也并不意味着就能写出好作品。不过仁景也并没有因此感到焦虑。因为一直以来，她都写不出什么东西来，即便是写出什么来了，也不知道什么时候能在舞台上呈现出来。所以，仁景需要做的就是坚持。她扪心自问，自己究竟适不适合当一名戏剧作家。与此同时，树上的枫叶已经悄然落下，秋色也渐渐浓郁起来。

大约在土地文化馆里生活了三周的时候，熙秀老师主动和仁景亲近起来。熙秀老师属于中坚力量的小说家，同时也是一名教授，在光州一所大学里教文学，看起来和仁景小姨差不多岁数。她在休假期间走访了国内外大大小小的文学馆，最后把土地文化馆定为这趟旅途的终点站。来到土地文化馆之后，熙秀老师注意到了独自一人扎在创作室里写作的仁景。

"你居然是为了放弃写作，才来到创作室。真像小说里的情节啊。要是拿戏剧来比喻的话，这应该属于荒诞剧吧？"

"就……没什么办法了，感觉已经快达到我的极限了，之前一路磕磕绊绊的，自己也算是熬了过来，但现在觉得有点儿累了。"

"歇一歇吧。朴景利老师生前也说过，即便这里的作家看上去没写什么东西，整天这晃晃那晃晃的，但这些也都属于写作的范畴，所以不要去打扰他们。郑作家你也好好静下心来，想一想作品吧，如果没有一点想法就开始写的话，那只能算是打字，不是写作。"

"谢谢您的建议，之前我从来没有正式学过写作，教授您说的话太让我受益匪浅了。"

"不要叫我教授，叫我老师好了，就叫我熙秀老师吧。以后别自己一个人散步了，叫上我，咱们一起。"

在第一次和熙秀老师散步的经历中，仁景感受到了来自熙秀老师的鼓励和关怀。从那之后，仁景一直都和熙秀老师一起散步。她们会来到文化馆附近延世大学里的湖水边上散步，也会在附近的林荫小路上散步。在即将告别土地文化馆之际，她们还一起去爬了雉岳山。仁景非常不舍得和熙秀老师说再见，她就像是自己坚定的战友。

在离开创作室的前一周，熙秀老师询问仁景接下来的打算。仁景回答道，虽然在这里没写出来多少东西，但自己已经重拾信心，打算回首尔再找一个创作室。不当作家的念头也暂时打消了，可以说这也是一种收获吧。在首尔放飞的梦想，就要在首尔实现。听到这番话，熙秀老师点了点头。

"打算去哪里找创作室啊？"熙秀老师问道。

仁景打算找个考试院，毕竟自己的钱也不够，意志力也没那么顽强，所以打算去考试院背水一战。她告诉熙秀老师，如果过了这个冬天，仍旧写不出一部作品的话，就会痛痛快快地放弃写作，回到釜山老家。

回到釜山，可以做的事情就很多了。家人在南浦洞的"罐头市场"[1]做生意，回去的话可以去那工作，也可以去朋友们的店里帮忙。到时候父母肯定会劝自己去相亲，一直这样随大溜下去的话，接下来的环节应该就是结婚生子了。

"回到老家，除写作以外，似乎什么都可以做。"仁景苦涩地笑了笑，说道。

熙秀老师也尴尬地笑了一下。

第二天，熙秀老师问仁景，如果不去考试院，去别的地方怎么

---

1 译注：传统市场。

样？她说自己正上大学的女儿假期要回光州老家，到时候在淑明女子大学前租的全税房[1]就会空出来，所以提议仁景去那里写作。看到仁景露出又惊讶又犹豫的表情，熙秀老师又补充道，反正女儿三月份还会回来上学，仁景也只能在那住三个月，在这期间希望她能够安心搞创作。熙秀老师不仅把自己女儿的房子免费给仁景住，还照顾到她的心情，特意用了一种类似拜托的口吻，这让仁景感动得差点没哭出来。向来坚强的仁景，从不轻易在别人面前落泪，这回却因为熙秀老师的话哽咽了。她并没有直接对熙秀老师说出感谢的话，而是冲她挤了一个大大的笑容。

仁景又有了一个临时工作室，不知道这会不会才是她最后的创作空间呢？她的首尔生活、作家生涯、喜剧演员生涯，也许都会在这个位于龙山区青坡洞的房子里画上句号。

"妈妈还让我带作家姐姐去附近转转呢……这可怎么办呀，我一会儿就要坐男朋友的车回光州了。"

"没关系，我自己也能转转。在这住的期间，我会收拾得干干净净的。"

"啊哈，真爽快呀。我妈妈就有点儿较真……是因为您曾经做过演员吗？看上去不像作家，感觉很直爽。"

---

[1] 译注：韩国的一种租房方式，入住之前会付给房东一定数目的押金，合同期满之后，房东会把这笔押金返还给住户，与一般出租房不同的是，住房期间住户无须另外缴付房租。

"不做演员了,也是一个较真的作家。"

仁景蹙起眉头,故意摆出了一副执拗的表情来。熙秀老师的女儿随即哈哈大笑起来。原来优秀的人连生出来的孩子也这么优秀啊。仁景想起在土地文化馆的最后一天熙秀老师对她说的话。多亏了老师,我才能在那里度过一段难忘的时光。但是……老师您为什么对我这么好?虽然这个问题毫无意义,但哪怕有些拙劣,仁景也要把自己的心意表达出来。熙秀老师聚精会神地想了一会儿,答道:

"鲍勃·迪伦小的时候,他的外婆曾对他说过,幸福并不在任何一条路上,幸福本身就是那条路。你所遇见的每个人都在打一场艰苦的战斗,所以你要友善地对待他们。"[1]

熙秀老师说,不知为什么,在见到仁景的那一刻就想起了鲍勃·迪伦。得到老师如此充分的回答之后,仁景也不知道该说些什么了,只说着自己也是鲍勃·迪伦的粉丝。

在鲍勃·迪伦获得诺贝尔文学奖的第二年,仁景也成了一名作家。就像歌手鲍勃·迪伦跨界获得文学奖一样,仁景也从一名演员变为了一名戏剧作家,所以这位吟游诗人在她心里占据了一席重要的位置。在鲍勃·迪伦当选为诺贝尔文学奖获奖者时,仁景却因为批判前辈出演的戏剧而遭受非议。仁景接受不了别人说她一个演员在那不懂装懂,自己写不出什么作品,却对别人的作品指指点点。于是

---

[1] 原注:出自鲍勃·迪伦的自传《编年史》。

那年年底，她把以前抽空写下的戏剧作品，投到了新人作家征稿活动"新春文艺"上，并且成功入选了，也算是扬眉吐气了一回。

然而，问题也接踵而至。在仁景成为戏剧作家之后，演员的工作就减少了，但她创作的戏剧又很难有机会在舞台上展现。一些演员觉得和一个戏剧作家同台演出很有压力，而一些策划人又觉得她是一个演员，所以不把她创作的作品放在眼里。总之，这样的情况让仁景越来越焦虑不安，她感受不到别人对她的尊重。所以很长一段时间里，她都处于一触即发的状态，而事实上她也常常发火。这股怒火最终烧到了自己头上，她的名声因此大打折扣。

仁景决定搬出大学路，主要也是因为她下定决心不再当演员了。过去五年多里，仁景在每年夏天的演出上，都扮演着同一个主人公的角色，那是一个在婚礼前两天离家出走的二十七岁新娘——"光娜"。这个人物不仅是仁景饰演的角色，更成了她在这个圈子的名片。可就在前年春天，制作人把仁景叫到跟前，告诉她以后不能一起工作了。理由是仁景在现实中已经三十七岁了，虽然一直以来表现都不错，但也是时候把"光娜"这个角色让给年轻的后辈们了。到这里为止仁景都还能接受。她表示认同之后，制作人又接着说，下次让你来演一个更成熟的角色。听了这话，仁景不屑地笑了笑，"哐当"一声摔门而去。回到出租屋之后，仁景愤怒的情绪依然久久得不到平复。更成熟的角色？是指那些只有上了岁数才能演的角色吗？去他的成熟角色，他爱给谁演给谁演！仁景大喊着，暗下决心自己一定要创作出一部成熟的作品来。

两年时间过去了，仁景却只完成了寥寥几部作品。躺在文件夹里的那些剧本都快"成熟"过了头，眼看着就要发霉腐烂了。仁景就像一个游荡在大学路的幽灵，有时候帮同事们的作品打打下手，有时候在酒桌上心虚地听别人喊自己一声"作家"。虽然因为作品突然入选而成了一名戏剧作家，但她的文笔终究还是太过青涩，难以让她稳稳扎根于作家的地位。为了积累经验，仁景也在不停地写东西，稿件却一直被打回来。功夫不负有心人，今年夏天，一个前辈的剧团终于将仁景的出道作品搬上了舞台。但无论是票房也好，评价也罢，都不尽如人意，只给仁景留下了惨淡的回忆。

她始终相信人生就是在不停地解决问题，但一路走来，仁景解决问题的能力似乎全都消失殆尽了。十年前，为了成为一名演员，仁景揣着全税房的押金来到首尔，如今那笔钱早就拿来交出租屋的押金和月租了，能从房东那拿回来的押金也已经所剩无几了。自己一直怀揣着的戏剧梦似乎被罩上了一层厚厚的阴影。既没有舞台供她演出，也没有机会呈现她创作的舞台。仁景的想象力枯竭了，写作能力也如同老旧的手机电池一般，转眼间便消失殆尽。

仁景搬进了专门为她收拾出来的房间后，坐在桌子旁边喘了口气。不知道即将在这里度过的三个月又会怎样改变她的人生呢？所幸这里离首尔站很近，如果三个月内无法完成一部作品，她就打算直奔首尔站，跳上回釜山的火车。这时，熙秀老师的女儿敲了敲门，抿嘴笑着说男朋友的车来了。

把熙秀老师的女儿送走后，一阵困意袭来，没一会儿，仁景的眼睛就合上了。

醒来之后已经是深夜十二点了，看来是累着了。睡觉的时候可能是流了些冷汗，短袖衬衫潮乎乎的，肚子也饿瘪了。仁景不打算动家里原来的食物，于是套上外衣出了门。

仁景哈着气走进了白天那家便利店，收银台处传来一声低沉的"欢迎光临"。站在那里的中年男子，让仁景联想到剧团里常见的大块头演员。长相也偏演技派，不靠颜值，靠演技取胜的那种。这家便利店晚上肯定不会有小偷光顾，仁景一边这样想着，一边走向了货架。

太难了，仁景喜欢的零食一个也没有，冷藏区的食物更是少得可怜。紫菜卷饭和三明治都只剩下仁景不喜欢的口味，便当也只有两个了，而且一看就不怎么样。

没办法，仁景只好挑了个速冻饺子和肉脯，然后走到冰柜前面，打算挑点儿啤酒。可是就连在四罐一万块的促销啤酒中，她也很难挑选出自己喜欢的，不得已只好作罢，从冰柜里拿了两罐喜力啤酒。

"便当本来就这么少吗？"

"因、因为……怕卖……不出去。"

收银台的中年男子被仁景的提问吓了一跳，结结巴巴地答道。

忙着写作的时候，仁景嫌做饭麻烦，经常都会在便利店里买便当吃。所以男子的回答不免让她感到有些可惜。她拿起速冻饺子，忽然想起忘记留意家里有没有微波炉了。她扫了一圈四周，但是没有看见微波炉的影子，便询问中年男子。男子说微波炉坏了，今天刚刚拿去修理。他不停地道着歉，但说话还是磕磕绊绊的。

"没关系，没什么好道歉的……就是觉得有点儿不方便。"

"也不知怎的……是啊，就成了……不方便的便利店。"

听到男子大大方方地承认，仁景忍不住笑了。这种别具一格的自嘲是怎么回事？这个说自己上班的便利店不方便的中年男子，不知道之前是做什么的呢？仁景直直地看着男子的脸，坚韧的下颌线，大大的鼻子，半开半合的眼睛，再加上这副大身板，让仁景不禁联想到了困顿的熊，或是疲乏的大猩猩。男子连仁景在想什么都不知道，还冲着她嘿嘿地笑呢。

"您喜欢'山珍海味'便当吗？"

男子冷不防地问了一句，仁景惊讶地瞪圆了眼睛。

"那款卖得最好了……每次一上货就马上卖光……需要的话，我以后给您……留一个。"

"没关系，不用给我留。"

仁景抱着买好的东西，迅速离开了便利店。"谢谢惠顾。"男子低沉的声音听着真油腻。这都什么呀，本来便利店里缺东少西的就已经够不方便了，那个大叔还这么多管闲事，让人不自在。仁景决定，以后只在下午那个女生上班的时候过来买东西。

第五章　不便的便利店

仁景睁开眼的时候，已经凌晨一点钟了。真是的，这一天到底是怎么过的啊。昨天凌晨吃了点肉脯，喝了点啤酒之后，她就开始动手把房间布置成工作室，一直忙活到了早上。然后她甩掉上班人潮出发，穿过淑明女子大学，来到山坡另一边的孝昌公园。悠闲地绕着孝昌公园走了五圈后，仁景感到心旷神怡，又在住处附近转了转，还找到了一些不错的散步路线和市场、超市、饭店等，之后就回家洗了个澡。到了中午，淡淡的困意袭来，但她忍住没睡，看了看征稿信息，又了解了一下戏剧圈子的动态。动手写稿之前需要给自己一点儿动力，最好的办法就是找一些临近截稿日期的项目。但不巧近期都没有什么活动，于是仁景又想起给自己定下的最后期限。下午很晚的时候，仁景去了早上散步时发现的餐馆，点了一份嫩豆腐汤吃。虽然很想念土地文化馆提供的免费健康餐，但这里毕竟是首尔，为了省钱，她决定每天只下馆子吃一顿饭。

回到住处后，仁景看起了美剧《绝命毒师》。每当感到焦躁的时候，她都会习惯性地用这部剧来治愈自己，"Breaking Bad"这串标题一出现，她就会在嘴里念叨着"打破不幸"。虽然仁景后来知道了这不是它的本意，但因为最开始看的盗版资源上错翻成了"打破不幸"，所以她一直对这个名字印象更深。主人公沃尔特的人生就是这样，为了打破自己遭遇的种种不幸，他开始制造和贩卖毒品。是出于这个原因吗？每当仁景感到迷茫，未来一片灰暗的时候，她都会找这部剧来看。而且《绝命毒师》这部剧百看不厌，即使看过了再看，还是同样吸引人，有很多东西值得学习。再加上已经熟知了剧情，所以伴着它入眠也是个不错的选择。

凌晨一点，仁景的肚子叽里咕噜地叫起来，新的一天又开始了。应该事先买点儿东西回来的，应该把这黑白颠倒的生物钟调整过来的，应该好好珍惜在这里的时间的……不管怎样，先把肚子填饱再说吧。

仁景披上外套准备去便利店，突然想起那个碍眼的大块头男子。本来打算去别家便利店看看，但一想到这大冷天要在街上瞎逛就放弃了，还是忍一忍，去家门口那个不便的便利店算了。

当啷。推开便利店的门后，店里一片安静。那个男子不在。之前坏掉的微波炉应该是修好了，摆在了窗户边上，但商品的种类依然还是那么有限。因为便利店生意不怎么好，所以不能进太多的货，结果导致更少人来光顾，如此便形成一个恶性循环，这让仁景联想到了处境相似的自己，胃里不由隐隐作痛，肚子也感到更饿了，于是她快步走到冷藏食品区。

这次又是只剩了两个看上去不怎么样的便当，仁景总觉得它们还是昨天那两个，仔细一看，还有一份便当被压在了下面。仁景把上面的便当挪开后，拿起来瞧了瞧。这份便当看上去十分诱人，光小菜就有十二种，还有不少肉，看着就让人食欲大增。仁景拿起便当走向收银台，但仍不见男子的踪影，是在仓库里吗？这大半夜的不在店里看店，跑哪儿去了？唉，今天也是个不便的便利店啊。就

在仁景不耐烦地四处张望时,放在收银台上的A4纸映入了眼帘,上面用黑色油性笔潦草地写着几个大字:

内急!请稍等一下。

哈!仁景不禁失笑。内急……也是,人有三急嘛。但就算要去,不也应该把纸贴在门上,把门锁好再去吗?放在收银台上这算怎么回事啊?要是有人发现店员不在,趁机拿走商品和现金可怎么办?他是觉得在居民区附近就不会遭贼了吗?还是说哪怕被搬空了也无所谓?就算是有监控,这么下去,没贼的地方也会来贼了,太不安全了。看到这种情况,一向有什么说什么的仁景自然是忍不了的。

当啷,随着门铃声响,男子走了进来,一看那表情就是解决痛快了,他的目光正好和仁景撞上了。男子小声嘀咕着什么,迅速走向了收银台,仁景侧身给他让了让路,并投去不满的目光。

"这个……好吃。"男子一边结账一边说。

仁景仔细一瞧,自己挑的便当就是男子昨天说的那款"山珍海味"。

"给您找到了啊……我明明藏得很好……"

"什么?"

"昨天……您不是想找个好点儿的便当吗……我就把它放下边了,嗯。"

所以呢？我得谢谢你吗？面对男子这份让人不太自在又有点多余的好意，仁景有些不知所措。结完账后，仁景拿着便当走到微波炉旁边。住的地方没有微波炉，只好在这儿加热完再回去。仁景撕开便当上的塑料包装，把便当放进微波炉里加热。等待的间隙，仁景扭头看了一眼男子，只见男子立马竖起了大拇指。这大叔可真是让人不自在啊。仁景朝着男子咚咚咚地走了过去。

"大叔，您刚刚把店这么晾着就走了，那可不行啊。"

"我、我、憋不住了……在这儿……这个……"

男子不知该如何是好，举起了那张A4纸。

"我的意思是，您就那么把纸放桌上可不行啊，怎么说也得贴在门上，把门锁好了再走啊。要是有些不懂事的学生进来，看店里空着，突然起了贼心怎么办？有个说法叫'破窗理论'，意思就是说，如果对破了的窗户放任不管，偷盗和犯罪的情况就会越来越多。您要是把店这么晾着不管，那么发生这些情况的概率就会越来越大。我看您也是这家店的员工，任何老板都应该不希望自己的员工这么干活吧。您还是上点儿心吧。"

仁景原本就属于那种无论是非曲直都要刨根问底的性格，再加上男子的多管闲事总是让她感到不自在，所以为了和男子彻底划清界限，她开始滔滔不绝长篇大论了起来。一般来讲，表现成这个样子，男人都会觉得烦，也就不会再来招惹仁景了。果真，男子默默地听着仁景的长篇大论，可能是不好意思了，就把头低了下去。

第五章　　不便的便利店

"那个……您说得都没错……但……我能说两句吗？"

"您说。"

"我有那个'肠易激综合征'……所以……就憋不住屎……刚才……我本来是……想把它贴门上的，找胶带的时候弯了一下腰……那时候，唉，有点……拉、拉出来了……所以……就没贴……直接放收银台上了……门也没锁……因为我得赶紧跑……到那儿我一脱裤子就……"

"行了！"

所以说，他是因为拉到了裤子上，急着要跑去厕所，所以才没锁门的……仁景觉得胃里一阵翻江倒海，实在是听不下去了。突然间，仁景好像感觉到男子的身上正散发着阵阵屎臭味，好恶心，这便利店真是太不方便了。

"我知道了，您下次注意点吧。"

仁景转身走到微波炉旁，留下男子在原地注视着自己的背影。她取出便当后，飞快地冲向便利店门口。可就在这时，男子又低头行了个礼，大声说道：

"今天因为着急拉屎……对不起！"

"哎真是！我是来买饭的，别总屎啊屎的了！"

你急着拉屎？我还急着发火呢！正要推门的仁景回头看了看男子，提高了嗓门说道。真是忍不了了！我！可是大学路出了名的"臭脾气"——郑仁景！男子看见仁景发怒，惊讶地睁大眼睛愣了一会儿，然后又开始慢慢吞吞地不停说着"对不起"。那磕磕巴巴的说话腔调也着实让人难以忍受。仁景推开门跑了出来，嘴里说着："看我还来不来这儿。"

来青坡洞生活也有一周时间了，但仁景的写作工作仍迟迟没有进展。仁景不打算接着在土地文化馆里写的内容继续写下去，有几个点子一直不停地在她的脑海里转圈圈。比起太过抽象的内容，仁景更想写一些贴近现实生活的故事，她也不想写那种特别商业化的概念型作品。仁景想写那种正剧，在一个现实的空间里，各种人物角色可以相互擦出火花，这样的剧不会让观众产生距离感，可以让观众和站在舞台上的演员形成共鸣。观众一边观看演出，一边感受其中的趣味性和紧张感，演出落幕之后，走在街上还会久久回味着剧情。这种才是仁景想要创作的剧本。

在桌子前战战兢兢地坐上一整天后，总是令仁景烦躁万分。外面的天气越来越冷了，为了省钱，仁景也减少了出去吃饭的次数，开始在家里做些简单的饭菜。一到晚上，仁景便会坐在窗边的垫子上，一边喝着茶，一边看着外面下班回家的人们发呆。她的一天也就这么结束了。

最近这段日子，一到半夜十一点左右，仁景就会看见有一个中年男人坐在便利店外面的桌子旁，配着方便面喝一瓶烧酒再走。是从上往下看的缘故吗？男人头顶的头发稀疏得可怜，他在西服外面套了件大衣,总是把紫菜卷饭泡在芝麻拉面里,就像喝汤饭那样呼噜噜地大口吃着,然后又一小口一小口地嘬着烧酒。就算天气再怎么寒冷,他也会像上班打卡一样,来这吃一口再回家。仁景一边在楼上看着男人,一边在心里想着他为什么会这样。不知不觉地,仁景开始对这名独自在深夜喝酒的上班族产生了好奇心。

今天便利店的那个大块头怎么和这个上班族坐在一起了?那个大块头手里还拿了一个大纸杯,正在喝着什么东西。可是怎么看都不像咖啡,倒像是洋酒。呦呵,这上着班还喝起酒来了,怪不得说话的时候总是口齿不清、结结巴巴的。原来是喝了点酒啊?虽然跟我没什么关系,可他这兼职当的,还真是花样百出啊。这时,男子又拿起了一个塑料瓶样的东西往杯子里倒。但那不是酒。看瓶身有点像"天空大麦茶"?或者是"17茶"?不过看着也挺像"枳椇子茶"的。这又是个什么情况呢?仁景屏息凝神开始观察起来。

只见大块头和上班族喝着那个淡褐色的饮料,嘀嘀咕咕地在聊着天。可是突然间,上班族冲大块头嚷嚷了一句什么,然后站起身就走了。大块头耸了耸肩,把桌子收拾干净之后也回到便利店。发生了什么?仁景的好奇心喷涌而出,就像快要爆出来的痘痘一样痒得不行。于是仁景披上外套出了家门。

"您认识刚才那个上班族吗?"

仁景突然冲进店里问道,男子莫名其妙地歪了歪头。

"他是常、常客啊。"

"他是做什么的？"

"我也不清楚……啊，他爱吃'金三角'套餐。"

"金三角？"

"就是芝麻拉面和……金枪鱼紫菜卷饭，还有真露烧酒……他经常只吃这三样。"

"所以叫……'金三角'？"

"没错。'金三角'。"

"刚才他跟您说什么了？看他走的时候好像很生气的样子……"

"那是因为……我劝他戒酒……让他喝点别的……但他好像不爱听。"

"您让他喝什么了？"

"这个。"

男子满不在意地拿起了一旁的塑料瓶。是玉米须茶。

"为什么……让他喝这个？"

"戒酒的话，喝这个好……我也是喝了这个之后……就不想喝酒了。"

仁景一时竟不知说什么好，这个男子比想象中还要奇怪。但是，如果说上一次他让仁景感到了不自在的话，那么这一次，他成功激起了仁景的好奇心。居然劝店里的常客别喝酒，改喝玉米须茶……还有，那个"金三角"又是个什么东西？做成套餐捆绑销售好像也很不错。这个脑回路清奇的无厘头男子，顿时让仁景产生了浓厚的兴趣。

"大叔您原来是做什么的啊？"

"您是为了……问这个才来的吗？"

哎哟哟，变着相地让我买东西呢这是？仁景点了点头后，转了一圈货架，拿了芝麻拉面、金枪鱼紫菜卷饭，还拿了瓶真露烧酒，最后又挑了瓶玉米须茶。仁景把它们拿到收银台上结账时，又问了一遍男子。但男子只是歪了歪头，还是什么话都没说。

"大叔，您原来是混黑社会的吗？"

"不、不是。"

"那是从看守所里出来的？现在改邪归正了？"

"我才不是……那种人。"

"那……是留守爸爸？"

"我也不是留守爸爸。"

"啊！内退！原来是内退了啊。听说最近都实行'自愿退休制'，提前申请退休的人越来越多了，我猜的没错吧？"

男子有些不知所措，摇了摇头，然后把装着东西的塑料袋递给了仁景。可是仁景没接，直直地盯着男子看，眼里射出的目光像是要把男子看穿一样。

"那您到底是做什么的啊？我太好奇了，您就告诉我吧？"

"流浪汉。"

"啥？首尔站那边的流浪汉？"

"……是的。"

"在那之前呢?"

"之、之前……就不知道了。酒喝得太多,得了痴呆。"

"酒精中毒性痴呆……是有这样的可能。那您流浪了几年啊?"

"这个我也……不太清楚。"

"那您是怎么来到这里上班的?我的意思是,为什么会在这儿上班啊?"

"这个……是老板说天气太冷……别在首尔站待着……让我在这儿过冬。"

"哇!哇!"

仁景情不自禁地连连发出感叹,对着这个说自己是流浪汉的男子左看看右看看。过去的事情真的一点儿都想不起来了吗?她反复又问了男子几次,但男子还是说自己的记忆断断续续的,想不起来什么了。于是仁景向男子建议,以后每天凌晨都跟自己聊聊天,多说说话,没准就能想起来什么了。男子没办法,只好歪了歪头,说知道了。最后,仁景问了男子的名字就离开了便利店。

外号独孤,不知道名字是什么,也不知道姓什么……仁景一边吃着"金三角",一边在嘴里小声嘀咕着男子的话。大概是因为发掘到一个有意思的人物,仁景觉得连酒的味道都变甜了。这个"金三角"组合作为夜宵或独酌的选择还挺不错的,很新鲜。虽然玉米须茶的搭配有点违和,但既然那个饱受酒精性痴呆折磨的男子说,这是他戒酒的替代品，也还是挺有意义的。仁景决定继续观察观察这个男子。

仁景决心要好好利用一下自己黑白颠倒的生物钟。每天凌晨起床后她都会去便利店，就像上班一样，一边吃着"山珍海味"便当，一边和独孤聊天。独孤要比想象中更聪明，也很有眼力见。仁景在和独孤聊了几次天之后，干脆开始拿着笔记本，把他们之间的对话主题都记录了下来。意外的采访给她带来了写作的勇气。

独孤的失忆似乎不仅是酒精中毒性痴呆造成的，还和精神创伤有关系。成为作家之后，仁景读过很多关于心理学的书籍，其中特别关注过情感型创伤的问题。书中的人物一般都遭受过可怕的情感型创伤，在那种情况下，他们想要守护的东西决定了他们的未来。而独孤的选择就是闭上眼睛逃避一切。不过，现在他正在慢慢恢复的过程中，通过与他人的交流，他逐渐拾回勇气，开始直面自己的伤口了。

直面和战胜伤痛的那份努力抑或欲望，不仅成了人物的动力，也成了人物的特质。而这种特质就体现在了他在分叉路口做出的选择上。独孤在便利店老板的帮助之下，从首尔站来到了这里，正在努力地重新融入社会，直面自己的心理阴影。

"可以确定的是……我原来的生活并不是现在这个样子。我好像几乎没有和别人分享过什么东西，所以没有像这样温暖的回忆。"

"温暖的回忆……您指的是？"

"就像现在一样，和您这样的人一起……随意地聊聊天……"

"我看您和那个吃'金三角'套餐的顾客也挺熟的啊？"

"就是说啊……在便利店里和客人接触……一来二去好像就跟大家熟络了起来。就算刚开始只是假装亲近，可慢慢地，好像也就真的亲近起来了。"

"这话说得真好，我可以写下来吗？"

仁景一边在笔记本上记着独孤刚才说的话，一边问道。

"您不是已经在写着了吗……往那本子上……"

"不是，我是说写进我的作品里。我不是告诉过您，我是个戏剧作家吗？"

"啊，对哈，写剧本的对吧？那我也会……出现在上面吗？"

"我还没想好呢。现在就是在搜集素材……不过我可以确定的是，大叔您给我提供了很大的帮助，本来我都想放弃了呢，多亏了您，我才又燃起了勇气。"

"能帮上忙……就好。那既然这样……您有什么要买的吗？"

"看看，您以前肯定是个生意人。"

仁景嗤嗤地笑着，拿了四罐啤酒和一个三明治到收银台。独孤就像刚卖出一台车的销售员一样，掬起满脸笑容给她结账。取材对象和作家之间这种互帮互助的关系似乎也很不错。

第五章　不便的便利店

临近年末,各种没营养的问候让仁景的手机响个不停。群发的短信就不用看了,未接电话里也没什么让人高兴的名字。登上好久没碰的脸书,一看也没什么感兴趣的人,厌烦的人倒是一大堆。仁景不得不承认,这朋友圈子越来越窄都是她自找的。就在这个时候,仿佛有人洞悉了她的落寞一样,打来了电话,仁景看到屏幕上的名字后愣住了。

是"THEATRE Q"的金代表。就是那个两年前拿仁景的年龄说事,说她不适合继续演二十几岁角色的制作人,也是导致仁景放弃继续当演员的家伙。虽然他也一度是仁景仰仗着的衣食父母,但在过去两年的时间里,双方连一条短信都没有发过。

仁景站了起来,拿着手机从桌子前走到窗边座椅旁。她犹豫着要不要接电话,紧张的心情就跟这手机一样颤个不停。如果手机停止振动的话,和金代表的缘分也就到此为止了。嗡……嗡……仁景突然想起,自己前几天还催着独孤要直面自己的心理阴影。还是先管好自己吧。嗡……嗡……仁景用力按下了通话键。

金代表说:"这不是到年末了吗,就想起你来了,看看你最近过得怎么样。""去年年末就不好奇我过得怎么样吗?"仁景毫不客气地顶了回去。金代表圆滑地答道,就算去年给仁景打了电话,估计她也不会接,现在过去都差不多两年了,觉得气也该消了,所以这才打电话过来的。听金代表这么说,仁景心里仅剩的一点儿小疙瘩也消失了,于是开门见山地说道:"金代表也不是为了问个近况就会给我打电话的人，说吧，这次打电话给我究竟是为了什么事情。"金代表说了一句"你的性子还是那么急"，然后才向仁景说了改编的提议，他希望仁景能给一部已经买下版权的小说进行戏剧改编。改编……没准这就是自己最后一次写东西了，真不想把时间花在改编上。看仁景有些犹豫，金代表催促道：

"你先看看小说吧，夏天出版的，一点儿都不难，挺有意思的。台词也多，非常具有戏剧性。我的意思就是，这个工作它不难做。"

"不，我不会看的。我怕看了之后就想做了。"

"这么久没联系，难得给你介绍工作……你这么决绝的话，我可是会伤心的。"

"金代表，其实，我可能要放弃当作家了，所以我还是想最后写一部原创。"

"喂！郑仁景！演员你不干了，作家你也不干了……你真不打算在大学路混了？一天到晚说什么最后最后的。"

"不当演员，明明都是因为代表您啊。"

"所以我这不来给你介绍写作的工作了嘛。"

"反正我是发自肺腑的，我都宅四个月了，就是在构思最后的作品。"

"所以呢，有什么还不错的想法吗？别是什么天马行空、不切实际的吧？"

什么天马行空，仁景咕咚咕咚地喝了两口放在窗边的玉米须茶，

第五章　　不便的便利店

提高了嗓门说道：

"我都构思完了！现在就差写了。"

"是吗？那你念给我听听。"

"没动笔之前就把点子告诉别人，这是忌讳，难道您不知道？还是算了吧。"

"呦，有点儿意思，郑作家，你说说呗。想法不错的话，咱们就做这个，改编的工作可以先放一边。"

本来是为了推掉改编的工作，才说自己想写原创的，但目前为止还没真的定下来什么，也就是从便利店那个奇怪的男子身上取材、找找头绪。仁景看着窗外，寻思着要怎么随便编编糊弄过去的时候，楼下的便利店映入她的眼帘。

"是不是突然让你说，你又觉得不咋的了？那就暂时把那个往后推一推，先做改编吧，投资我都已经拉来了，马上就能给你打定金……"

"便利店，是关于便利店的故事。"

"便利店？"

"舞台是便利店，有形形色色的人来来往往，主人公是身份不明的便利店夜班兼职生。"

"唔……"

"这名夜班兼职生是一个中年男人，他不知晓自己的过去，因为他患了酒精中毒性痴呆。来便利店的客人都在猜测这个男人的真实身份，什么黑社会、有前科的人、脱北者、内退职工，甚至还有人猜他是外星人！但这个男人还是照旧给客人们推荐着便利店的商品……然而……最神奇的是，顾客买了男人推荐的商品之后，烦恼就会一扫而光。"

"那……不是《深夜食堂》吗？"

"《深夜食堂》？当然，那也是一部非常棒的作品，但这是便利店！这个男人也不做饭。《深夜食堂》里不用挖掘老板的过去，但我这个故事的主线就是一步一步了解主人公的真实身份。男人的过去会以回忆的场面穿插着展现出来，这样人们就能知道他为什么非要在这个便利店里工作不可了。还有，这个男人彻夜都要在便利店里等待，等待着什么的到来。"

"等着进货呗。"

"哎呀，您别煞风景啊。我想表现出一种像《等待戈多》那样的格调，像剧里的弗拉季米尔和爱斯特拉冈那样，这名夜班兼职在每个深夜都和喝醉的常客聊天。到时候会有很多台词，还吃着那个'金三角'套餐。"

"金三角？毒品吗？"

"反正就是一种夜宵套餐吧，由芝麻拉面、金枪鱼紫菜卷饭和真露烧酒组成的三件套。"

"这个主意不错啊，还能植入广告，吸引观众们去吃。"

"没错，让观众参与进来，把套餐作为礼物送给他们，传到社交媒体上,这样就能植入广告。总之,这个'金三角'是男人推荐给常客的套餐,常客吃了后,一天的疲乏都被治愈了,就这样,两个人轮番说着台词。然后,还有个刻薄挑剔的女作家,她是个讨人厌的顾客。因为是作家,所以经常深夜工作,自然而然地就会经常和男人碰面,他们俩之间又会发生一些事情……"

"怎么听起来像你啊。"

"才不是呢。这个女作家十分讨厌这家便利店,觉得男人看上去不像个好人,店里的商品也很少,一点儿也不方便。但冬天这么冷,深更半夜的也不能为了买吃的走太远,所以就算不方便也唯有忍着……总之就是非常的不方便。"

"郑作家。"

"怎么了?"

"就来这个吧,咱们一起。"

"真的吗?可我还没开始写呢。"

"你这不都写出来了吗,在脑子里。明年就让它出版,我敢打包票,这不会是你最后一部作品。这部作品出版了以后,下一部自然就能写出来了。"

"……您真这么想吗?"

"嗯。"

"您为什么这么做呢?我真的已经走到穷途末路了……代表您答应得也太轻松了,这不对劲儿吧,我还没写呢。"

"你明天把题目写上带过来吧,一般都是签了合同之后,稿子就写出来了。"

"金代表。"

"怎么了?"

"谢谢您,真心的。"

"我又不傻,你的想法不错,我也能从你的声音里听到你的渴求……感觉你一定能写好。"

"我本来就写得好。"

"行行行。对了,题目叫什么?"

"什么题目?"

"你刚说那作品的题目啊。"

"呃……便利店,极其不便利的……所以……就叫《不便的便利店》。"

挂了金代表的电话之后,仁景点开了笔记本电脑里的文档编辑软件,然后噼里啪啦地开始敲起键盘来。她打上标题又空了两行,开始创作这部新的作品,也不知道这会不会就是她最后一部作品。仁景一直不停歇地打着字。有的创作不过就是打字而已。如果你在很长的时间里一直在反复琢磨着作品,冷不防提起它来便能使你文思泉涌的话,此时你需要做的就只剩下像打字员一样疯狂敲击键盘。如果手指都跟不上思考的速度了,那就证明你现在做得很好。仁景就像在演戏一样,一边说着台词一边打着字,仿佛是她的左手和右手在对话一样。写作能力的封印像被解除了一样，仁景一刻不停地编写着故事。不知不觉就从傍晚写到了深夜，随着冬日的天空渐渐变成墨色，仁景电脑屏幕上的字也变得密密麻麻起来。

那天凌晨，在这一片居民区里，唯一有亮光的地方就是独孤的便利店和仁景的工作室。

第六章

一

四罐
一万块

民植开始思考自己的不幸。虽然他的人生大体上都是不幸的，但他想知道，这不幸究竟是从何时开始扼住了他的咽喉的。是从小学没能加入棒球队时开始的吗？民植从小身材壮硕，运动神经发达，教练为此还让他加入棒球队，父母却让他专注于学业这条道路，这个决定便是他人生的第一个不幸。明明每个人的天赋和兴趣都不一样，父母为什么一点儿也不关心他的爱好，一味地要求自己好好学习，成为一个普普通通的大人呢？难道就因为他们自己的人生是这样，成绩优异的姐姐的人生也是这样，所以作为家中最年幼的儿子，民植也得像他们一样吗？

第二个不幸应该是去地方上大学吧？虽然父母一心想把民植送去他们曾经就读的名牌大学，但无奈民植的成绩还相差了十万八千里远。于是，他们想出一个对策，就是把他送去那所名牌大学的地方分校。父母对周围的人肯定都夸耀说，自己的儿子也考上了他们毕业的那所名牌大学。但实际上,他去的只是那所学校的地方分校,在小城市的出租屋村里找了个房子,天天不是喝酒、打台球、玩《星际争霸》,就是参加棒球社团的活动,总之过得逍遥自在。不管怎样,最后他也还是毕业了。当他真正置身于就业前线时,才深刻体会到地方分校带给他的挫败感,他壮烈地战死在沙场上,无论是自尊还是斗志都大大受损。

第三个不幸是过早的成功。父母是公务员和教师,有着非常安稳的人生,姐姐从事的是专门领域,有一份人人称羡的工作。而民植什么也没有,只能在一片荆棘遍布的丛林世界里赤膊战斗。他既没有聪明的大脑,也没有华丽的简历,只能靠着一副强健的躯体和一张能说会道的嘴去打拼,只要能赚到钱,他什么都愿意去干。他只能通过赚钱来获得家人对他的认可,他唯一需要的也只有钱而已,其他的以后自然都会有。只有钱才能让他活出自己的样子。

民植为了赚钱不择手段,巧妙地游走在合法与违法之间的灰色地带。他并不为此感到后悔。因为这么做让他赚了不少钱。不到三十岁,他就买下了一套自己名下的公寓,还开上了进口轿车。赚到钱后,父母、姐姐,还有那了不起的姐夫,都不敢再随随便便给他讲大道理了。这一点特别好。连这么有本事的家人们也对他客气了几分,这就是金钱的威力,如果再多赚一些,说不定还能看见他们对自己唯唯诺诺的样子呢。只要给退休的父亲送上一沓厚厚的钞票,给母亲所在的教会捐上一大笔钱,他们就一定会乐开了花。到那时候，姐姐和姐夫肯定也会求着自己给他们医院投资，破天荒地开始恭维起自己来。那样的日子仿佛就在眼前了。可是，问题就出在了这儿。为了多赚些钱，为了享受帝王般的待遇，民植开始盲目地扩张生意，很快他就为此付出了代价。

第四个不幸可谓刻骨铭心，那就是遇见了前妻。为了卷土重来，民植开始了新的项目，就是在那个时候，他遇见了前妻。前妻和他是"同行"，两人实力不相上下。民植向来认为自己是不容易被迷惑的人，可唯独遇见这个女人之后，一下子就陷了进去，无法自拔，仅六个月的时间就甘愿为她倾尽了所有。有人把那称作爱情，民植却认为只是一时失去了理智。趁着头脑发昏之际，他们还把婚给结了。之后的两年里，双方为了争取各自最大的利益用尽了手段，最终前妻占据了优势，民植把自己最后的财产——公寓过户给了前妻，他们的关系才总算结束了。又过了两年之后，民植现在回想起来，两人的相遇不仅对他来说是一场劫难，对前妻来说同样也是一场劫难，这就好比两个心肠歹毒的人，都想把自己手里的炸弹推给对方，结果你推给我我推给你，两个炸弹同时爆炸了，落了个两败俱伤的下场。好在两人分开得及时，才没有造成更大的损失，毕竟都在生意场里混了这么久，两个人对时机的敏锐度还是相当高的。

但不幸并没有就这样停下来。比特币，就是它了！民植在心里欢呼道，他强烈地预感到自己的大好机会来了。然而，这也不过是在接连失败的打击下，眼力和反应都逐渐钝化的自己所犯下的错误罢了。比特币，到底是民植无法触及的钱，也是会吃钱的钱。

经历了第五个不幸之后，民植再也撑不下去了，只好灰溜溜地回到了青坡洞母亲的住宅。就是那时他才知道，几年前父亲去世时留下的遗产都给母亲拿去开便利店了。那笔遗产里分明也有他的一份。可是母亲和姐姐从未知会他一声，就擅作主张拿去开了便利店。倒也是，那个时候他正遭受着离婚和生意失败的双重打击，处于和家人失联的状态。但就算是这样，民植还是觉得愤愤不平，一天，他喝得醉醺醺的回来，向母亲讨要本该属于自己的那份遗产，和母亲大吵一番后便冲出了家门。从那之后，他就一直辗转借住在朋友家里。

民植的思绪就此打住。在那之后虽然还经历了大大小小的波折，但继续想这些也没什么用。他现在最需要的是一笔启动新项目的资金。所以，他把目光投向了母亲的便利店……不，母亲擅自用了父亲留给自己的那份遗产，所以那便利店他也有份。他要把属于自己的那份遗产拿回来，投资到新的事业上，东山再起，再一次赚得盆满钵满。到那时候，就算再给母亲开两三家便利店都不在话下，还有那个总叨叨着什么时候才从他家搬出去的学弟，看自己不狠狠地踹他的屁股，不过就是现在他也能这么做。

今天基龙约了民植见面。这个基龙，全身上下没有哪里一点儿像 G-DRAGON[1] 的，却还要别人喊他"J-DRAGON"，他的喜好和作风就是这样，浮夸到令人生厌，但胜在他的脑袋转得够快。从几年前开始，民植但凡做什么重大决定，都会事先问一下基龙的意见。这家伙的脑回路跟自己的不太一样，每次跟他聊完后，都能让民植反思自己做出的决定。所以，听基龙的意见并不见得一定会成功，但起码能降低失败的风险。"如果大家都知道了这个东西能赚钱，你再跑去往里投注的话，其实就已经晚了，趁着还没血本无归赶紧脱身吧。"民植之所以能从比特币的沼泽中爬出来，也是听了这家伙的建议。还有后来的光伏发电项目，也是多亏了基龙，他才能全身而退。

当民植听到他的一个学长提议合伙搞光伏发电项目时，他仿佛又看见曙光照进了自己的人生，麻酥酥的电流一下子通遍全身。为了扶植替代核电的可再生能源，政府推出了相关政策，吸引了许多投资者的关注。主要是这次民植觉得自己可以比别人抢先一步，从中大捞一笔。可是，干了几个月之后，民植却有种不祥的预感，觉得自己好像被卷入诈骗当中。什么光伏发电项目，不过就是借着投资的名堂，售卖偏远位置的地皮罢了。这一次也是，正当民植感到闹心的时候，和基龙通个电话之后，这才得以脱身。

那厚颜无耻的学长一听说民植抽身不干了，气得暴跳如雷，还

---

1 译注：G-DRAGON（权志龙），韩国人气男子组合 BIGBANG 成员。

恐吓民植走夜路的时候小心点儿，结果他自己在走夜路的时候被警察抓走了，现在正吃着牢饭呢。总而言之，要不是基龙的话，在他惊险的经商生涯中，恐怕还得再多添一段蹲班房的经历。

可以说，基龙在许多方面都充当了民植的智囊，所以即便他在这么冷的天气里约民植出来谈生意，民植还是把学弟的鸭绒大衣抢来穿上，开车来到经理团街赴约。

经理团街已经没有了往日的繁华，新年里也是一派冷清的景象，冷清到甚至有种荒凉的感觉。商圈一旦火起来后，业主们的心也跟着飘了起来，成倍成倍地疯狂调高租金，无力支付的商铺唯有关门大吉，就这样，商圈开始走向衰败。看着接二连三涌现出来的望理团街、松理团街、皇理团街，经理团街只能默默接受自己走向消亡的命运。民植不明白，基龙向来有着敏锐的嗅觉，为什么这次他会把自己叫来这条已经没落的经理团街。

按照基龙给的地址，民植拐进了一条冷清的街道，街旁有一家小小的啤酒屋，民植把车停在了店门口。

"哎呀，哥，我都说了，让你别开车过来。"

一进啤酒屋，基龙就责怪起民植来，民植恼怒地说道：

"臭小子，这么冷的天，难不成你要我坐公交车来吗？"

"不是有计程车吗？打车来啊。"

"我自己有车，为什么还要打车？"

"我叫你别开车来，肯定是有原因的嘛。今天我们得来两杯。"

"什么？在这儿？你不知道我嫌啤酒太淡，都不喝啤酒的吗？"

基龙似乎不想再解释，转过身去冲着吧台。民植则一屁股坐在金属吧椅上，胳膊自然放到了小得不能再小的吧台上，这才开始打量起酒屋内部来。昏暗的灯光下充斥着喧闹的电吉他摇滚乐，到处都摆放着符合美军审美的西洋老物件，酒屋最里面七拧八歪地挂着一块标语牌，上面写着"Drink Beer, Save Water（多喝啤酒，少饮水）"，也不知道是不是为了让客人多喝点酒才没有开暖气，从嘴里都能哈出气来。

民植开始感到不耐烦。在他的认知里，啤酒只是用来兑烧酒和洋酒的。可是基龙却这么没有眼力见，偏偏把他叫到啤酒屋里来，无论接下来基龙想谈什么生意，都好像变得不那么靠谱了。也不知道他看没看出来自己的别扭情绪，基龙从一个长头发的酒保那儿拿了什么东西凑了过来，是块像砧板一样的木板，上边打了几个洞，洞里各放了一个比烧酒杯略大点的杯子，杯里装着深琥珀色和黑色的液体。看起来像酱油一样的黑色液体应该是黑啤，但琥珀色的液体比起啤酒来，倒更像是科涅克白兰地。

"这是啤酒？"

"你喝喝看。"

基龙扬起嘴角，抬手示意他喝一口。用烧酒杯喝啤酒，这也让民植感到很不满意，但反正他是绝对不会买单的，就当白嫖好了，于是民植拿起装有琥珀色液体的酒杯，一口饮了下去。

第六章　四罐一万块

口感很醇厚，酒香浓郁，余味微苦，这独特的口味一时竟让人分不清是科涅克白兰地、啤酒还是威士忌。它和平常那种没什么味道的啤酒完全不同，倒是有点儿像洋酒和啤酒完美混合后的味道。

民植二话不说，又拿起一杯颜色更深的琥珀色液体，一口喝了下去。嚯！这次的味道更加丰富了。苦涩的味道和清爽的感觉神奇地交织在了一起。接着，他又干了黄色那杯泡沫比较多的酒。这回的口感让民植想起了之前喝过的福佳白啤酒。要说两者间的区别，这个酒比福佳白啤酒更淳厚、更涩口，也更符合他的口味。民植拿起最后一杯黑啤，嗅了嗅酒的香气，然后一仰脖干了。居然还有这么香醇的东西？他都不知道自己是在喝啤酒，还是在喝加了香油的黑豆浆了。

"这到底是什么啤酒？"

"好喝对吧？"

"把这些试喝的拿走，好好倒杯有泡沫的来。"

"你要哪种？"

"颜色最深的那种。"

基龙把木板拿走之后，过了会儿，拿了两个更深的啤酒杯回来，杯里装着新倒的啤酒。民植和基龙碰了碰杯，很快又干完了一杯啤酒。这苦涩和清爽的口感，比用三十年的百龄坛兑出来的炸弹酒还要好喝。太棒了。他一直认为啤酒味道又淡又撑肚子，所以已经很久没喝过啤酒了……这么惊艳的啤酒到底是哪里发明的？！

"这叫艾尔啤酒,欧洲人就喝这种。"

"艾尔啤酒?那我们喝的凯狮又是什么?"

"那是拉格,啤酒瓶上不是写着'Lager'了吗?"

"什么?凯狮旁边写的是'Lager'?不是'Laser'吗?"

"啧……虽然我的英语也不好,可是哥,你这也太离谱了。"

"我这不是故意搞笑的嘛!臭小子,难道你以为我会连这个都不知道吗?"

"真受不了你!!总之,我们和美国人常喝的是拉格,欧洲那边的人主要喝的是艾尔。从几年前开始,经理团街和梨泰院也开始兴起了艾尔啤酒,最近那些前卫的人都只喝艾尔啤酒了。"

"大叔们也会爱喝这个吧?正合我的口味呢,味道很浓厚,这酒香,就连科涅克白兰地都得靠边站……喂,这个应该可以拿去酒吧包间卖。"

"啧,怎么扯上包间了呢,在包间卖的话不是还得看人脸色和给小费嘛,一摊子的烂事儿。我们哪,就干点儿轻松愉快的。"

"臭小子,做生意不就是跟别人抢饭碗吗,哪有好干的?"

"我的意思是要降低风险,这么跟你说吧,这个艾尔啤酒的市场是越来越大了,而且最近法律还改了,现在个人也可以开这种只做艾尔啤酒的小型酿酒作坊了。"

"是吗?"

"只要有两亿到三亿韩元的资金,就可以在京畿道外围找块水质

第六章　四罐一万块　173

好的地方，建一个酿酒作坊了。咱在加平或者清平这些地方找个位置，就做这个怎么样？哥，上次你不是说过想当个小小的酒馆老板吗？这回咱可是直接当酿酒作坊的老板啊！等咱这好酒一出来，各个酒馆肯定都抢着跟我们要，多爽啊！"

"那这个啤酒也是出自那种小型酿酒作坊？"

"对啊。"

"谁开的？"

这时候，长发酒保端着香喷喷的炸鸡翅和薯条，朝他们走了过来。酒保放下碟子后，基龙向民植介绍新产品似的，指了指酒保。酒保也朝民植打了个招呼，坐了下来。

"我这位朋友的姐夫是'brew master'，'brew'就是酿酒的意思，'master'……就是'master'，反正就像……制作啤酒的料理师那样，是个酿酒大师，来自波特兰，叫史蒂夫，现在在坡州开了一间酿酒的小作坊。"

民植一脸困惑地看向基龙和酒保。酒保见状，开始热心地向他进行说明。据酒保介绍，四年前，史蒂夫还在美国最时髦的城市——波特兰，酿造着最时髦的啤酒，而他的姐姐在美国留学时认识的史蒂夫，两人交往后，史蒂夫来过一次韩国，那是在四年前。他喝了韩国酿造的啤酒后，萌生了一个想法，要是在韩国推出正宗手工啤酒的话，那肯定能大卖。于是两年前，两人结了婚后回到韩国，在坡州开了一间酿酒小作坊，销售起了啤酒。酒保还说，史蒂夫和他的姐姐在经营酿酒作坊，而自己呢，除这家店以外，同时还给另外几家店供应啤酒，顺道也给姐夫的手工啤酒做做宣传。

"可你刚才不是说艾尔啤酒是欧洲人喝的吗？怎么又扯到美国去了？"

"哎哟，哥，现在不是全球化时代吗？本来在欧洲一旦兴起什么，再传到美国之后，市场规模都会成倍地扩大，这你还不知道吗？现在他姐夫的酿酒作坊做得很成功，说是想要扩张规模，缺个老板，所以这不就找合伙人嘛，我就寻思着拉你一块儿入伙。"

"唔……是有那么些突然……酿酒作坊的老板……很久没人介绍这样正经的活儿了，还有些不适应……不过，既然做得这么成功，不是应该有很多人抢着投资吗？这种机会又怎么会轮得到我和你？"

"哥，想点儿有用的行吗？"

"光伏发电那次，不是你跟我说的吗？好处早让人给捡完了，为什么还要去给人家擦屁股……"

"哎哟，这还不是我 J-DRAGON 的功劳。史蒂夫可挑剔了，可是见了我之后，却被我的一口韩式英语给逗得不行。当然了，我也一直在展现自己有多靠谱。过了没多久，史蒂夫就跟这位朋友说，本来吧，他觉得韩国人捉摸不透，但是认识了 J-DRAGON 之后，觉得这人非常不错。还说要找合伙人拓展规模的话，合不合得来很重要，要是 J-DRAGON 的话，那他肯定能放心。"

基龙向酒保递了个眼色，仿佛在说："对吧？"酒保收到讯号后，立即竖起了大拇指，附和着说自己的姐夫为人很挑剔，但不知怎的，就是对基龙哥特别地满意。虽然民植一直知道基龙是个搞笑的家伙，却没想到他还能搞定美国佬，拿下这样的机会。这让民植感到十分诧异，心里一直犯嘀咕。毕竟美国佬里头也会有骗子。

见民植疑虑未消，酒保又去拿了什么东西过来。是个没有装饰的500毫升罐装啤酒。酒保把啤酒打开之后，把酒倒进一个新的杯子里，递给了民植。民植喝了之后，再一次感叹不已。

"以后还会出罐装的，就是为了这个，才想着要扩张的。"

听罢，民植不由自主地点了点头。

"哥，以后在便利店和超市就能买到史蒂夫家的罐装啤酒了。现在其他酿酒作坊的啤酒已经开始在便利店出售了，我们也得加紧了。论口味，肯定是我们的最好。哥，你原来不是干过商品流通吗？罐装啤酒一生产出来，你就按照老本行去干就行了。"

民植又喝了一口，嘴里含着啤酒，陷入沉思。麦芽的甜味和啤酒花的涩味在口腔中弥漫开来，这不正是他过去品尝过的成功的滋味吗？基龙接下来说的话，更是让民植最终下定了决心。

"你知道今年夏天日本的啤酒全都下架了吧？哥，你妈不是开便利店的吗？你去看看就知道了。一万块四罐的朝日、麒麟、札幌，统统都下架了。抵制日货潮，对我们来说可是大好时机啊。你想想，日本啤酒下架后，那个缺谁去补？凯狮？海特？都不是，是咱史蒂夫家的这个艾尔啤酒！"

"抵制日货运动……能持续很久吗？"

民植想要打消自己最后的疑虑，便问道。

基龙不耐烦似的干了杯中的酒，把杯子重重地砸在了桌子上。

"哥，咱是什么民族？你没听说过就算独立运动没法参加，抵制日货运动也必须参加吗？最近可兴这话了。咱这可是大韩民国啊，大——韩——民——国！这是战争，贸易战！你不知道棒球和足球的日韩战吗？不是还有'要是输给日本的话就去跳玄海滩'这样的话吗？日本啤酒？从此彻底退出韩国市场了！哥，以前我都没看出来，原来你的爱国心这么匮乏啊。"

"怎么扯到爱国心去了？我也抵制日货好吧？我都多久没抽过梅比乌斯了。"

"一句话，你到底是干还是不干？我听说哥这阵子很萎靡，所以做弟弟的特地为你都铺好了路，你再这么犹犹豫豫的，可太不给面子了。你又不是不知道我这人有多谨慎，之前你说要去干的那些'大事业'，哪次我没有反对？但这次可是我亲自推荐的啊！哎，天不怕地不怕的姜民植，居然变得这么畏畏缩缩的，我还是头一次见呢。"

民植举起杯子示意了一下。酒保猛地从座位上站起来，又倒了一杯新的过来。民植再次品味着那琥珀色的幸运滋味。他放下杯子后，拍了一下基龙的后脑勺。突然被打了一记后脑勺的基龙登时皱起了眉头，民植认真地看着他，这才答道：

第六章　四罐一万块　·177

"小子，敢怀疑你哥？要多少钱？"

民植叫了代驾把自己送回青坡洞母亲的住处，可是下车后，他犹豫了片刻。虽然贸然跑回来也很丢人，但更重要的是，他需要一些说辞去说服母亲。母亲从不喝酒，要怎么和她说有种叫艾尔啤酒的新品，让她尝一尝呢？突然之间，他灵光一闪，不由地低声发出一声感叹。于是，他转过身，朝着某个方向迈开了脚步。

便利店，母亲的便利店，爸爸作为遗产留下的那家便利店，有一半属于我的便利店。民植想起基龙说过，现在在便利店里也能买到罐装的艾尔啤酒了。要是从母亲的店里提几罐艾尔啤酒回去的话，岂不是更能让母亲直观地感受到这个生意的前景吗？

晚上十一点多了，便利店里冷冷清清的，一个客人也没有，只有门口的圣诞树孤寂地闪烁着，像是在欢迎民植的光顾。民植苦涩地推开门，走进店里。

"欢迎光临。"

身后传来一个低沉的中年男声，民植没有理会，径直走向陈列啤酒的冰柜。刚进来时粗看了一眼，夜班兼职好像换了人，以前是个圆圆的男人，现在变成了一个方方正正的男人。民植忽然想起，两个月前因为没找到新的夜班兼职，母亲让他过来帮忙看店。真是滑稽的提议！母亲竟然还把他看作那种在便利店里打散工的人，这让他非常生气。事实上，他也并不是毫无愧疚之心的。他应该听母亲的话，然后趁机向她索取更多的股份，或许这才是明智的做法。但是，像圆大叔和方大叔这种在便利店上着夜班，游走在社会边缘的生活，民植无论如何都忍受不了。民植刚刚步入不惑之年，不是正当壮年的时候吗？如果稍微往后退一步的话，很快就会被社会淘汰，所以，无论是酿酒作坊的老板，还是酒馆老板，总之，民植就只想以老板的身份再次开启人生的新篇章。

民植站在冰柜前，看着里面陈列的啤酒，一时间不知道该选什么。原本摆放日本啤酒的位置，已经换上了不知道哪个国家的啤酒。民植找了半天也没找到基龙说的那个国内小型酿酒作坊出品的啤酒。他拉开冰柜门，睁大眼睛在一列列啤酒中寻找着。好不容易才找到两瓶印着幼稚韩文商标的啤酒。其中一个瓶身上印着"啤酒山脉 - 小白山"，另一个印着"啤酒山脉 - 太白山"，对应还分别写着"淡色艾尔"和"金色艾尔"。民植拿了一罐小白山和一罐太白山，为了对比，他还拿了两罐青岛啤酒，然后才走到收银台前。

走近一看，才发现站在收银台后面这个方方正正的男人十分壮硕。民植好奇地看着他，感觉他有点儿像头熊，又有点儿像狩猎熊的原始人。也对，便利店里有这样的兼职生守着，根本不用担心晚上会进小偷。看着眼前这个像原始人一样的男人慢吞吞地给啤酒扫码结账的样子，民植不禁笑了起来。

"这种国产的啤酒好卖吗？"

民植拿起小白山罐装啤酒。

"……不好说。"

"你喝过吗?味道怎么样?"

男人扫完码后,抬头凝视着民植,说:

"我……不喝酒……所以不知道。"

呦呵,看你那脑袋长得就跟一箱啤酒似的,居然还说自己不喝……可笑,这是在试探我看人的眼力吗?

"是吗?那就算了,我还以为你挺能喝酒的呢,就问问。"

"一万四千……块。"

"啊?这不是四罐一万吗?"

"这个,国产的……不搞……促销。"

"什么?那这些一万块四罐的啤酒不是卖得更好?"

"唔……那我就不知道了。"

"也是,你又怎么会知道呢。好吧,拿袋子给我装上吧。"

男人却只静静地看着民植,一动不动。怎么?因为我的话不高兴了?一个兼职,连这点儿承受能力都没有吗。看男人泰然自若地站在那纹丝不动,民植也开始觉得奇怪。男人棱角分明的下巴和细长的眼尾,虽然让他感到几分紧张,但他还是决定拿出气势来。

"干吗呢?还不赶紧装进袋子里!"

"您得先结账啊。"

"啊,结账……我是这里老板的儿子,你扫一下就行了。"

民植这才想起他没有向对方透露自己是老板的儿子。可是表明了身份以后，男人还是一动不动地站在那儿看着他。哎嘿，岁数长得不小，脾气也跟着长了这是。

"怎么？不用干活啊？"

这种时候就得先跟他说非敬语，灭灭他的气焰。可男人仍然不为所动。

"都说了我是这家便利店老板的儿子，听不懂吗？"

"有什么……证据吗？"

"什么？"

"叫你证明一下，你是……老板儿子。"

"你现在是在对我说非敬语吗？"

"嗯，学你的。"

"你这小子，难道你没见过你们老板吗？我和她长得一个样，你看看这眼睛，还有这鹰钩鼻，是不是一样？"

"不……是，不……一样。"

男人用挖苦的语气慢吞吞地否定了自己之后，让民植感到有些不知所措，不仅如此，从男人俯视自己时的犀利眼神中，民植竟然还感到一股威慑感。民植被这意外的尴尬局面弄得很难堪，但很快他就决定要把怒气宣泄出来，和男人大闹一场。

"该死的，是不是要炒了你才相信我是老板的儿子？我要是告诉我妈……不对，这家便利店其实就是我的！你知道吗？我现在就可以马上炒了你，知道了吗？"

"你……不能炒我。"

"真见鬼,这疯子在说什么?"

"你要是炒了我,现在……谁来……给你上夜班?"

"有的是人,再找一个不就得了,你自己的饭碗都不保了,还操这么多心。"

"你炒不了……我,夜班兼职……不好找。你是不可能来上夜班的……老板现在又……身体不舒服。"

"你说什么?"

"没错……老板说过,她有一个儿子……可是就算她生病了……儿子也不会来看一眼。"

"这是我妈说的?欸,真是的。"

"果然是真的……老板最近连续几天……都在跑医院。你不知道吧?"

"什么?"

"我说你母亲这几天一直……都不舒服。你不仅不去照顾你母亲……还要把我给炒了……那夜里谁来看店?又想……让你母亲来吗?是个人的话……都不会这样做吧?"

砰!民植体内似乎有什么东西沉了下去。痛苦的秤砣穿透内脏,拖着他的身体重重地砸到地上。民植并不知道母亲生病了,也不知道母亲在别人面前是这样说自己的。男人停一会儿说一会儿,像读判决书一样说的那些话,犹如千金重的秤砣,拽着民植一直坠入深海最黑暗的地方。

"你要真是老板儿子的话……怎么可以……这样做?"

"呃……呃……"

"总之,你没法证明自己是老板儿子……我就不能给你啤酒和袋子。"

男人的话给民植已经涨红的脸上又来了一套组合拳。

"真该死!不要了!!"

民植喷着唾沫星子,朝男子大吼完之后便冲出了便利店,不是因为害怕这个比自己块头大的男子,而是因为感到羞愧。

他径直跑到母亲家里,输入密码后进到屋里。屋内黑漆漆的,唯一的光线从电视荧幕散发出来,电视里正放着传统流行音乐节目。音乐这么吵,母亲却缩在沙发上睡着了。

民植叹了口气,打开客厅的灯,把母亲叫醒了。他用手晃了晃母亲的肩膀,母亲睁开惺忪的眼睛望向他,随后勉强支撑起上身。

"你怎么来了?"

"听说您不舒服,我就赶来了。"

"……生病是小事,你不让人省心才让人头疼,这段时间到底都在哪里过的,怎么过的?"

"哎哟,这刚一见面又要开始唠叨了……我住在一个学弟家里。可是您到底哪里不舒服啊?"

第六章 四罐一万块

"就是伤风感冒了。"

"哎,都让您去打流感疫苗您又不听。老人去保健所打流感疫苗是免费的。"

廉女士没有再搭理民植,起身走到厨房用水壶煮大麦茶。民植在廉女士的身边转来转去,想顺便缓解一下尴尬的气氛。

"哎呀,家里怎么那么冷,这样不感冒才怪呢,把暖气开大些吧。"

"没事,你来了就没这么冷了。好歹你也是个人,身上还有点热乎气。"

"怎么又这么说话啊,这么毒舌的老师,得把学生们教成什么样啊?"

"喝大麦茶吗?"

"嗯。"

民植在餐桌旁坐下之后,脱下了袜子。廉女士端着两杯煮开的大麦茶出来,看了看到处乱扔的袜子,朝儿子咂了咂舌,也坐下了。两人默默地喝着大麦茶,感受着这午夜时分的寂静。民植不知该从哪里说起好,本来应该拿着从便利店买的艾尔啤酒给母亲看看,提一下自己这次要做的生意的,都怪那个像山贼一样的家伙,弄得自己的计划被打乱了。也不知道是从哪儿冒出来的一个像山贼一样的家伙,净让人心烦。一想到他,民植的怒气又开始冒了上来。

"你的表情怎么这样?"

廉女士看着生气的民植,问道。

"妈，刚才我去了一趟便利店，那个像山贼一样的大块头是什么人啊？"

"你说独孤？他是上夜班的兼职生啊。"

"那小子奇奇怪怪的……态度差得要死，还十分傲慢。"

"一个便利店兼职，又不是什么百货店的员工，他怎么态度不好了？"

"他连接待顾客的基本礼仪都没掌握好，我开始没表现出是老板的儿子，后来结算时让他给我记账，结果他非要让我证明自己的身份。"

廉女士听后嗤的一声笑了。这让民植更加火大，他拿起面前的大麦茶咕噜咕噜地灌了下去。

"独孤在确认身份这方面确实做得比较好，一点儿也不马虎。"

"那有什么用？儿子的心可被伤到了。妈，您就不能炒了那家伙吗？"

"那就听你的？"

"嗯，我不满意那小子，他迟早得惹麻烦。今天好在是我，才没跟他计较，要是换了其他喝醉酒的客人，肯定就闯大祸了。保不准最后还得自己掏腰包给他收拾烂摊子呢。"

"他应付醉汉很有一套，在这一片都已经传开了。上午那些老太太们来店里，他也都很有礼貌地接待她们。自从独孤来了便利店后，销售额还涨了呢。"

"就这巴掌点儿大的便利店,销售额能涨多少!啊,先不管炒不炒那家伙,是时候该把便利店卖了吧?"

"不行。"

"为什么?"

"便利店要是关门了,吴女士和独孤的工作就丢了,这是他们维持生计的唯一收入。"

"哎,妈,您当自己是圣人呢?非得这么热心肠吗?"

"这不是圣人不圣人的问题,当老板的就应该要为员工的生计考虑,这是做人基本的良心。"

"区区一个便利店的老板算什么老板。"

"你啊,就是因为这样才当不了老板,整天干着那些乱七八糟的杂活儿,明白吗?"

"啊,又开始说教了……那卖掉便利店的事先放着,您先把那家伙炒了吧。"

"不行。"

"怎么又不行?"

"夜班兼职难找,除非你去上,那我就炒了他。"

"您怎么总想着让您儿子去干那些低级的工作啊?难道您希望您儿子当一个便利店兼职生?"

"工作哪有什么高低贵贱之分?而且这段时间最低时薪又涨了,要是坚持干下来的话,夜班兼职一个月也能领两百多万韩元呢。"

"哎，我不说了，就这样吧。"

民植又喝了一杯大麦茶，可能是因为对话并不太愉快，民植的怒气迟迟消散不去。难道要就这样离开吗？他猛地站起来。不仅没有说服母亲卖掉便利店投资自己的生意，还白白听了母亲一顿牢骚，他不愿意就这样铩羽而归。他决定先喝口冰凉的水，然后和母亲好好聊一聊，于是民植走到冰箱前打开了冰箱门。

咦？来拿冰水的民植万万没想到，冰箱里竟然出现了一样他认为绝对不可能出现在母亲家里的东西！那就是民植原本想从便利店拿过来给母亲介绍的啤酒！

他拿着罐装的"啤酒山脉 - 小白山"回到了餐桌上。母亲看见后似乎愣了一下，但很快又恢复到原本的神态。民植打开啤酒，倒入刚才装大麦茶的空杯里。浓郁的艾尔啤酒香气扑鼻而来。一定要好好利用这个绝佳的机会说服母亲，民植心想。

他痛快地干了一杯。哇哈——虽然比晚上喝的史蒂夫的啤酒差了点儿，但是它的风味和醇厚的口感的确还是和传统啤酒不太一样。

"啊，好喝！家里还放着这样好喝的啤酒啊！"

"总公司推荐的，说是新产品……我就试了试，味道还不错。"

"啊？您喝啤酒了？妈您能喝酒吗？"

"你可别到处乱说，我这也是因为工作需要才喝的，你得知道商品是什么，才好卖给别人不是？"

"照您这么说，那烟也得自己抽过才能卖吗？您这说法太站不住

第六章　四罐一万块　　187

脚了吧？嘿嘿。"

看着民植那讨人嫌的样子，廉女士不禁皱起了眉。她喝完剩下的大麦茶，放下杯子，说：

"废话少说，倒上吧。"

噢耶！民植心下暗喜，把艾尔啤酒倒入廉女士杯中，瞬间起了满满一层泡沫。

接下来的一个小时里，民植都在和母亲喝着啤酒。冰箱里的四罐艾尔啤酒，都让两人喝光了。这还是民植生平第一次和母亲这样坐在一块儿喝酒。无论是看见母亲喝酒，还是和母亲这样你一句我一句地聊天，都让民植感到既陌生又新奇。过去几年里，民植总是在向母亲索要着什么，而母亲总是一概拒绝，所以两人之间的对话根本进行不下去。可是现在，在几分酒意的烘托下，民植和母亲天南地北地畅谈着各种事情。当回想起过世的老顽固父亲时，两个人都露出苦笑，当谈到姐姐和姐夫时，两个人又开始疯狂吐槽。民植以前也去过母亲的教会，这次从母亲那儿听来了许多人的近况。母亲还说了邻居们因为楼层噪声报警的事。她就像倒悬的河水滔滔不绝地和儿子聊这聊那。听到母亲对身边人的看法，民植也感到很新鲜。对父亲、姐姐和姐夫，他们的看法完全一致，但对教会的人和邻居们，两人则有很多不同的意见。

母亲说，最近有个民植教会学校的女校友，离婚后又来教会了，她和民植是同一届的。母亲强调这人也和民植一样结婚两年就离了婚,还没有小孩,她想让民植这周和她一块儿去教会跟那人见一面。民植没好气地拒绝了,说自己不会去教会,也不会去见这个女同学。母亲便惋惜地咂咂嘴,喝完了杯里的酒。

"你知道为什么之前我不喝酒吗?"

"您不是教徒嘛。"

"你以为我是这么死板的人吗?神创造的第一个奇迹,就是把水变为葡萄酒,化解了筵席上没酒的局面。所以,问题不在于喝酒本身,而在于喝了酒以后会犯错。"

"也是,不管怎么说,一喝酒肯定会犯错。"

"我不会,因为我酒量好。结婚之前,学校里的男同事以前总是想灌我喝酒,但我几乎从来没醉过。只是觉得不好喝才不喝。烧酒太苦,啤酒太淡,葡萄酒又太甜……可是这个啤酒很好喝,闻起来也很香,入口后带点苦涩却又很香醇,真的很不错。"

说完,廉女士拿了片海苔放进嘴里嚼了起来。民植的眼睛瞬间亮了。时机到了!说服对方的绝好时机!凭借他久经沙场锻炼出来的判断能力,他知道是时候该向母亲提起酿酒作坊的事了。母亲非常喜欢这个啤酒,而且,虽然她说自己喝不醉,但其实现在已经有几分醉意了。如果这时候再劝她多喝一杯,然后怂恿怂恿,说不定就能让她支持自己,同意卖掉便利店,把钱投资到酿酒作坊上。

可是,竟然没酒了!民植看着被捏扁的空易拉罐,决定再去一

第六章　四罐一万块

趟便利店。去之前,他拿着手机坐到了母亲旁边。

民植急急忙忙地跑到便利店后,径直走向冰柜拿了四罐艾尔啤酒。可是当他来到收银台时,却没有看见那个叫独孤还是独戈的兼职生。这家伙又跑哪儿去了?这便利店真是不便利得要死。民植从收银台拿了个袋子装啤酒。就在这个时候,男人捧着一堆桶装方便面从仓库走了出来。方便面垒得高高的,挡住了他的脸。民植回过头去看他,故意表现出不耐烦的样子。男人听见动静后,把方便面放到窗边的桌子上,向民植走了过去。民植朝这个把自己当成骗子的家伙伸出手机,让他好好看看手机里的照片。

"这下可以证明了吧?行了吧?"

那是五分钟前和母亲一起拍的照片,照片里喝得微醺的母亲和民植脸挨脸,手还比着心。男子看着照片点了点头。民植带着满意的微笑正准备离开时,突然停住脚步,问道:

"这个今天卖了多少?"

"今天……这是头一次。我打算……和老板说……不要再订货了。"

"说什么呢!你连喝都没喝过。刚刚你们老板还说这个好喝呢,让我再多带些回去。"

"做生意……不是只卖……自己喜欢的东西,要卖……别人喜欢的才行。"

"别人也喜欢喝这个啊。"

"销售量……是不会骗人的。"

"哼,等着瞧吧。"

民植用鼻子哼了一声,用力地推开门离开了便利店。

回到家里时,母亲已经埋着通红的脸趴在桌子上睡着了,还低声打着呼噜。民植默默地低头看着睡着的母亲,眼前这个瘦小的女人头上已是白发多过黑发了。过了一会儿,他抱起母亲朝里屋走去。母亲的身体很轻,儿子的心情却很沉重。

民植把母亲放在床上之后,回到餐桌旁打开了啤酒,这是自己想要酿制出售的啤酒,是第一次和母亲喝的啤酒,是能让自己东山再起的啤酒。民植大口大口地喝着这金黄色的酒,把各种思绪连同悔恨都一并抛到脑后。

这是一个不错的晚上。今天和母亲一起喝了酒,一起聊了天,还一起拍了照,感受到久违的家庭温暖,这就已经足够了。出售便利店和投资啤酒作坊的事情,等到明天再说也不迟。母亲也爱喝这种啤酒,问题应该不大。母亲担心的吴女士,还有那个叫独孤还是独戈的人,就让他们自己看着办吧。吴女士的话,只要吓唬吓唬她,肯定就会知难而退的。至于那个叫独孤还是独戈的家伙,也不知道是什么来头,还得再摸摸底细。说什么"不管怎么说,销售额是不会骗人的",这么不看好艾尔啤酒的家伙,不能放任他这样下去。

万一他跟母亲说些有的没的,还提起订货之类的事,那要说服起母亲来可就更难了。所以得赶紧行动起来了。

民植决定调查调查那个家伙。当他问母亲是怎么把他招过来的时候,母亲只是笑了笑,却什么话都没说,这让民植更放不下心了。这个奇怪的家伙就是个障碍,必须得把他清理掉。这样的话,就必须神不知鬼不觉地探探他的底,把他的黑料全挖出来之后通通告诉母亲,母亲是一个黑白分明的人,到时候肯定就把他给开了。在龙山工作的时候,民植跟一个姓郭的私家侦探有点儿交情,民植决定等天一亮就联系联系他。

民植一边想着母亲一边喝光了剩下的啤酒,觉得接下来应该能跟母亲好好相处了。他掏出手机,把刚才跟母亲拍的合照设置成背景画面。

画面上这对母子用手比出来的心形虽然不太自然,但看上去充满了爱。

第七章

虽然是下架商品，但还能吃

早知如此，不如去便利店打工了。目标从便利店出来后，朝着首尔站方向走去，老郭跟在目标身后自言自语着。目标穿着白色的防寒大衣，走起路来不太灵活的样子，像一只失去冰川家园后无处可去的北极熊。老郭感觉自己好像也成了一个失明的爱斯基摩老人，在北极彷徨着。这已经是老郭观察目标的第三天了，却依然一无所获。这么冷的天，与其跟着这家伙在街上这么兜兜转转，倒不如领份每小时8590韩币的最低工资，还能在暖和的便利店里待着。

真不该接受姜民植的提议，老郭不禁又后悔起来，一时间还有点喘不过气，他稍微拉开了点儿口罩，透了两口气后又放下了。带着这个KF94的口罩实在是让人憋得慌，以前就连沙尘天气时他也从未戴过，现在却要天天戴着这玩意儿，真是让人无所适从，这个世界到底要变成什么样子？老郭不由得叹了口气。可是从嘴里呼出来的气闷在口罩里，变成了难闻的口臭，又重新钻入鼻孔。老郭调整了一下围巾，重振士气，又想起和姜民植的约定。"打听一下目标的真实身份，看看他有没有什么见不得人的过去，办好了立刻给你支付两百万。"据姜民植说，不知道从哪儿突然冒出来的这个人，成了阻碍他卖掉店铺和发展新事业的绊脚石，所以让老郭尽快把这事办妥。老郭向姜民植讨要一百万的定金，但是遭到拒绝，最后协商的结果是先给10%的定金，也就是二十万。姜民植随即到自动取款机取了二十万韩币递给老郭——这二十万走的还是银行卡的信用贷款——并说：

"抓紧点儿，要是等不耐烦了，我才不管那家伙是谁，到时候直接派些小的去把他撵走。"

姜民植这话听似豪迈不羁，但从他雇用自己的情况来看，说明很有可能只是在虚张声势。老郭认识姜民植已经相当长时间了，面对他的这些虚头，早就习惯了，表面上虽然迎合他，实则背地里在看他笑话。说起来有些伤老郭的自尊，但以前姜民植靠着这装腔作势的本领和狗屎运也大捞过一笔，那时候老郭从中拿过点好处费，所以这一次他才会答应帮姜民植调查。不管怎样，总闲着也不是办法，不管多少钱都先干着，手头上总得攒点儿钱。不是为了搞独立运动，也不是为了做违法犯罪的事，而是为了养老。过了花甲之后，老郭才开始为养老做准备。因为变成一个独居老人后，他的后半辈子只能依靠从现在开始筹备的养老金了。

从姜民植那儿，老郭只了解到目标在便利店里上夜班，还有别人都叫他"独孤"。居然叫独孤……该死。

老郭觉得这个名字就像是在嘲笑自己，顿时心生郁火。不管怎样，他首先要做的，就是要弄清楚"独孤"到底是个名字还是姓氏。过去三十年里，老郭都是靠这行吃饭，所以打探这种像熊一样笨拙的家伙，自然也以为是小菜一碟，可是却没想到目标只是一个劲儿地在走路。从便利店出来之后路过西部站，爬完了万里洞斜坡之后，又经过儿岭、忠正路，最后回到东子洞的板间屋；再不就是从便利店出来之后往厚岩洞走，路过龙山高中，穿过解放村和普光洞，经过二村洞和龙山站，最后回到东子洞；又或者……总之就是围绕着首尔站和南山一直不停地走啊走，好像广告里那个不知疲倦的"电池人"一样。本来因为可恶的传染病而不得不佩戴口罩，就已经够让人闷得慌了，现在还要跟着目标走那么多路，实在是让老郭吃不消。所以前三天，老郭都只尾随了半天就放弃了，然后回到自己在元晓路的小单间。

但是不能再这样拖延下去了。吃过早餐后，老郭打定主意，今天无论如何都一定要尾随到底。他弓着腰，以老人特有的姿势，慢慢地尾随在目标身后，保持着两个行人的距离。虽然这已经是第四天了，目标却浑然不知道老郭的存在，像个傻子一样在街上乱走，这也让老郭打不起劲儿来。今天又是毫无收获的一天吗？正叹气时，只见目标掉转方向进了首尔站。老郭加快步伐缩短了两人之间的距离，和目标搭上同一趟手扶梯，站在扶梯的最尾端。

进入首尔站后,老郭用目光快速地搜寻着身穿白色外套的男子。可是今天的火车站格外拥挤,到处都是穿着厚外套和毛呢大衣的人,就连块头这么大的目标也一下被淹没在了人群中。目标平时都漫无目的地在街上徘徊,现在突然进了车站里,一定有特别的原因,所以他不可能这么快就出去了,肯定还在这里面。老郭在车站内转来转去,寻找着目标可能会去的地方。连锁汉堡店、便利店,甚至是公共卫生间,他都进去看过了,可是没有发现目标。会不会是来买票坐火车的?老郭一边想着,一边走向售票处。

这时,从车站中央的电视机里传来快讯,说是大邱地区发生了新冠病毒集体感染事件。老郭不由自主地停下脚步。本以为只会肆虐一时的传染病,现在变得一发不可收拾,大家都在争相抢购口罩。老郭看着新闻,回想了一下自己还剩下几个口罩,不由得打了个哆嗦。他是一名免疫力低下的糖尿病患者,新型传染病对老年人和有基础疾病的患者是十分致命的,这种消息对于他来说,就和他现在手头上的任务一样那么重要。

沉浸在新闻里的老郭忽然发现,目标就在电视机后面,铺着他的白色外套正坐在几个闹哄哄的流浪汉中间。太好了!老郭拿出自己的旧款手机,假装打起了电话,实际上,他是在偷拍目标和流浪汉们聊得起劲的样子。旧款手机拍照时没有"咔嚓"的声音,所以可以神不知鬼不觉地进行。这张照片将会作为证明目标身份的证据之一发给姜民植。之前老郭见目标总是在首尔站周边徘徊,就曾怀疑过他是一个流浪汉，没想到现在这个猜测得到证实，这让他大受鼓舞。

老郭慢慢地靠近聚在电视机后面的目标和几个流浪汉，偷偷地瞥了他们一眼，只见流浪汉们一边吃着便利店的便当，一边在和目标聊天。虽然看上去就像是什么犯罪窝点似的，却莫名地让人感到有一种温情，连老郭也不自觉地看得入了神。就在这时，目标站了起来，重新穿上他的白色外套，朝几个流浪汉挥了挥手后离开了，看那样子像是往首尔站广场的方向去了。老郭赶紧走到几个流浪汉旁边，弯腰坐了下来。正准备埋头吃便当的流浪汉们见状，都警惕地看向了老郭。老郭的脸上重现以前当刑警时找人问话的那种神情，向他们亮出了假的警察证件。

"别嚷嚷，我问什么你们就答什么，懂了吗？"

流浪汉们身上那股难闻的气味钻进了口罩里，老郭强忍着臭味威吓道。

他们凝视着老郭，手里还在用筷子不停地夹着什么，脸上一副不知道是害怕还是天生就是那样的表情。

"刚才穿白色外套那个人是谁？是你们的朋友吗？"

"不……不是朋友。"第一个流浪汉答。

"那是谁？"

"……是……同伴。"第二个流浪汉答。

"他现在不是流浪汉啊，你是说他以前是流浪汉？"

第七章　虽然是下架商品，但还能吃

"不知道。他就过来……给我们送饭。"第三个流浪汉答。

"你们不认识他？那他为什么给你们送饭？"

"坏人。"第三个流浪汉又说。

"什么？给你们送饭的人是坏人？"

"不是……是你……"第二个流浪汉说。

"兔崽子！我看你们这些家伙是越来越放肆了。"

第二个流浪汉被老郭的低声咆哮吓得一颤。

"便当……好吃。"第一个流浪汉用筷子夹着饭说道。

该死。找他们问话真是个错误的决定，还是赶紧追上目标吧。老郭意识到调查以失败告终后，从位置上站了起来。这时，只见第三个流浪汉的嘴唇用力憋着劲，不知道正在拧什么东西。仔细一看，他手里的竟然不是烧酒，而是一瓶饮料。随后第一、第二个流浪汉也都拧开了饮料。老郭再一看，才发现是玉米须茶。三个流浪汉碰了碰饮料，开始对瓶吹了起来。这是什么情况？老郭将这奇怪的场面抛之脑后，加快了脚步追赶目标。

老郭迅速地穿过火车站，搭上首尔站广场方向的手扶梯之后，终于看见一个身穿白色外套的身影进了地下通道。等老郭跑下楼梯时，目标已经在自动售票机上买好了票，进了地铁一号线的闸口。于是老郭也赶紧跟了上去。

目标上了通往清凉里方向的一号线地铁后，站在门边看着黑漆漆的窗外。老郭坐在对面的座位上盯着目标，做好了随时下车的准备。车厢内人并不算多，除一号线特有的异味以外，其他都还好。车厢里的暖气让人昏昏欲睡，大部分乘客都戴着口罩，轻轻地呼着气，没戴口罩的人也都低着头紧闭着嘴。老郭顿时感觉车厢好像变成了病房，苦涩地叹了口气，结果再次被自己的口臭熏到。

地铁到达市厅站时，一个没有佩戴口罩的男人边打电话边上了地铁，那个男人五十多岁的样子，穿着厚厚的外套，红光满面的，敞着的外套中间挺出来个啤酒肚。他坐到老郭的对面，没完没了地聊起了电话。

"所以说，南杨州那投资五千万，横城那把剩下的拆成几份分开来投……不是，真是的，你听好了，南杨州五千万，然后横城的话，我昨天发给你的那些地址，要一一亲自去确认……没错。那里的东西都说很好……嗯嗯……"

男人像只狂吠的大型犬，一直扯着嗓门打电话，硬是把地铁车厢变成了自己的办公室。连老郭听了都忍不住想打听一下，他刚刚说横城那玩意儿究竟是什么。总之，男人那洪亮的声音差不多让整个车厢的人都感到不耐烦时，通话才总算结束了。但是这头才刚刚挂断，那头他又按起了手机，不知道要打给谁。男人的鼻子里发出了哼哧哼哧的声音，不知道是在哼歌还是哼鼻子，电话接通后，车厢里又响起了那副公鸭嗓子。

"喂，吴常务，怎么样？……好好……这周去高尔夫球场的吧？湖水公园？别，还是新乡村吧。我自有我非去不可的理由……

第七章　虽然是下架商品，但还能吃　　201

好……那湖水公园就等春天的时候再去，春天。这次就先去新乡村，怎么样？……好，我来请吃饭，那个我也请，嗯……哈哈……"

男人没完没了地打着电话，老郭的耳朵也遭到了这电话噪声的污染，每根神经都绷得紧紧的。老郭瞟了瞟男人，目光重新回到目标身上，却发现目标也在盯着男人的头顶看。

男人笑呵呵地挂断电话后，还打算继续打下一个，就在那一刻，目标突然一屁股坐到男人旁边的空座位上。男人察觉到动静后，转过头去看，只见目标眯着一双小眼睛，正直直地盯着自己。

"所以……你们决定好去哪儿了吗？"

男人似乎觉得很荒谬，瞪圆了眼睛看向目标。

"什么？"

"是去……湖水公园？还是去……新乡村？"

目标问道，还做出了打高尔夫球的动作。

"什么？你谁啊？关你什么事？"

男人像是想把这冒冒失失的问题给震飞，提高了嗓门喊道：

"干吗偷听别人讲电话，还问些没用的问题？你脑子有病吗？"

"谁让你说那么大声让我听见。"

目标斩钉截铁地说道，那坚定的语气让男人愣住了片刻，只呆呆地望着目标。不知道从什么时候开始，包括老郭在内，车厢里的所有乘客都在注视着他们。四周变得静谧无声，仿佛处在真空状态一般。目标的颧骨抽搐了一下，狠狠地瞪着男人，继续说道：

"你这周末……去哪个高尔夫球场……本来是与我无关的……可是你说得那么大声……这不是让人好奇嘛。我……嗯……更喜欢……春天的时候去湖水公园。就春天去那里吧。还有……对了,你说横城要各投资一半的那个地方……是哪里啊?平昌冬奥会的时候,那里的路打通了……听说地价涨了很多?你……刚才是这么说的,对吧?"

目标就像个做听力练习的学生一样,顿挫有致地低声问道。

男人涨红脸,握起了拳头,不知如何是好。看来身材魁梧的目标一直揪着他不放,让他有点进退两难。男人露出难堪的神色,环顾周围,想用眼神寻求外人帮助。

但是周围的人也好,老郭也好,都只是一副"你活该"的表情。当男人意识到车厢内没有自己的友军后,讪讪地咂了咂舌。这时,地铁里响起了列车即将到达钟路三街的广播。

"真是的,这么久没坐地铁,没想到一坐就遇到神经病。"

男人丢下这么一句话后,站起身,走向地铁车门。可是,目标也站起来,走到他的旁边。

"干、干吗?"男人抖瑟着说。

"我也……下车。横城那地……路上你再给我说说。你害我这么好奇……晚上可能……会睡不着。"

"什么,真是的……"

"嗯,真的……一起下车。"

第七章　虽然是下架商品,但还能吃　　203

"爱下不下！"

"可是为什么……你不戴口罩？是不是因为……口臭啊？"

车厢内顿时响起一阵哄笑声。男人涨得满脸通红，从外套口袋里掏出皱巴巴的口罩，满脸怨愤地看了看周围。

"真是够了！吵到你们了对不起！行了吧？"

男人大喝一声，等门一开，就飞快地溜了出去，目标跟着他下了车。老郭也从座位上站起来，走向了地铁车门，剩下车厢里的人们嘻嘻地笑着。老郭下了地铁后，慢慢地跟在目标身后。在目标前面，是那个落荒而逃的男人，走两步又回头看看目标跟没跟上来。不得不说那样子真是解气。这臭小子，谁想听他的私生活啊，在公共场合那样大声说话，真是可恶。仗着自己有点儿年纪和块头就目中无人，可遇到更强的对手时，却只会逃之夭夭。

看见男人往出口方向上了楼梯后，目标停止了追赶，掉头往换乘方向走去。看样子像要换乘地铁三号线。老郭停下来，等目标走过去后，才又继续跟在后边，与此同时，他还在脑海里梳理了一下情况。尽管那个男人骂目标是神经病，但在老郭看来，目标不仅很实在，还有一副侠义心肠，不像现在的人那般冷漠。而且，看样子目标像是对高尔夫球场有一定的了解，并且也关注过房地产的信息。当然了，也有可能只是为了找那个男人碴，所以才故意表现出一副对高尔夫球场和横城地皮感兴趣的样子。但是凭老郭的直觉，从目标的语气和行动来看，他以前应该很爱去高尔夫球场，并且对房地产投资也很熟悉。虽然现在的身份是流浪汉的朋友，在便利店上夜班的兼职生，但可以推断出，曾经目标手里应该也有过点儿钱。而且，三号线不是去江南的线路吗……等目标下站后，他的真面目应该会更明了一些。老郭绷紧神经，跟着目标来到三号线梧琴方向的换乘平台。

目标在狎鸥亭站下了车。从现代高中方向的出口出来后，目标又开始步行起来，一阵刺骨的寒风刮到脸上，老郭赶紧捂实了围巾。万一感冒弄坏了身体，那可就得不偿失了……老郭不禁发起了牢骚，可目标就像听见了似的，突然停住脚步，抬头望向一幢建筑，仿佛陷入沉思般，杵在那儿一动不动。忽然间，目标朝老郭的方向转过头来。老郭急忙弯下身假装系鞋带，他低着头等了一会儿，再抬头看时，目标已经进了楼里，视线里只剩下白色外套的一个角，就像尾巴一样。

老郭一溜小跑来到楼前，那是一栋简约的混凝土外墙建筑，整栋楼五层都是医院，专门靠给人整眼睛、整鼻子、整嘴巴、整下巴等部位来赚钱的整形医院。老郭在心里大呼快哉。目标不可能来这里整形，那么只需向这家医院打听一下，就能了解到目标的过去或是来这儿的目的了。从以前当刑警时开始，老郭的直觉一向就很准，这会儿终于让他觉得有些刺激了。至少可以知道，目标要么是曾经在这里工作过，要么是来医院里找某个人。现在要做的事情就只有

第七章　虽然是下架商品，但还能吃　　205

一件。老郭来到医院楼旁边的连锁咖啡厅，找了一个靠窗的座位坐下，又开始发挥自己刑警时期的另一项特长——潜伏。

一杯热美式咖啡都还没喝完的工夫，目标就从楼里出来了，老郭的潜伏实力都还没来得及发挥出来，目标就已经面无表情地往地铁站方向走了。老郭犹豫了一下，把剩余的咖啡一饮而尽，从座位上站起来。跟踪目标的任务，今天就暂且到这儿吧。老郭走出咖啡厅，朝着目标停留了二十多分钟的整形医院走过去。

年轻的时候，老郭没有驾照也照样经常开车，还有些朋友拿着假驾照开车上路。这么做的理由很简单。只要驾驶技术过关，不出什么事故，那么被抓到的风险就很低。换言之，只要你具备相应的技能和底气，哪怕没有驾照，在某种程度上也是行得通的。一直以来，老郭就是靠着这样的心理，使用他的假警察证。尽管过去一些不太光彩的事情使他不得不脱下了警服，但是至今为止，老郭从骨子里都还认为自己是一个警察。所以对他来说，忽悠整形医院前台的职员并不是件什么难事。

看见大堂比想象中华丽整洁，老郭不禁有些紧张，但很快他就收拾好心情，向前台出示了假警察证，告诉前台刚才离开的那个男子是案件相关证人，警方需要调查他的行踪，然后问了各种各样的问题。但前台的职员一问三不知，顶着一张平整得没有一丝皱纹的脸看着他。老郭板起脸来，没有料到前台职员竟然这么嘴硬，于是加重了语气说道，要是不配合的话，下一次恐怕就要拿着搜查令过来了。听了这话，职员才皱起眉头，只道那人是来见院长的，一再强调自己什么也不知道。正当老郭犹豫着要不要也见一见这个院长时，一个五十岁出头，身穿呢子外套的男人走了出来，用犀利的目光打量着他。前台职员像跟老师打小报告似的，立即指着老郭对那名男子说，有警察来了。那个高个子、大脑袋的院长向他走了过来，右侧颧骨处轻微抽搐着，一对眼睛上下打量着老郭，让老郭倍感不爽。突然，院长让老郭跟着他走，便转身朝院长室走去。好吧，既然如此，那就来一探究竟吧。于是老郭随院长一起走进了院长室。

老郭坐在会客桌前，环顾着一尘不染、干净整洁的院长室，不由心生紧张。院长故意让老郭等了一下，等职员端上饮料来后，才坐到桌子对面，开始打量起老郭来。

"您说您是隶属哪里的？"

"龙山警察局经侦大队。"

老郭迅速亮了一下证件，但院长看也不看，拿起手机不知往哪里打了一通电话。老郭顿感不妙，情不自禁地咽了口口水。电话很快就接通了，院长又问了一次老郭的名字。糟了……老郭没办法，只好又报了一次证件上的假名，他感到自己的额头上正在冒冷汗。院长用蛇一般的细长眼睛看着老郭，然后把老郭的假名报给了电话那头的人。

过了一会儿，院长放下手机，嘴角含笑道：

"龙山警察局经侦大队说没有这个人。"

第七章　虽然是下架商品，但还能吃

"怎么可能，再……"

"该接受经侦大队调查的人，应该是您吧？"

院长的上身向后仰，以非常从容的坐姿凝视着老郭。老郭瞬间丧失了主导权，从调查别人的处境，一下子变成了被别人调查。遇到了个不好对付的家伙，这下丢人可丢大了。怎么办呢？院长居高临下地看着自己，就等着看自己怎么跟他求饶。老郭勉强振作起来，决定拿出他这个年纪的厚脸皮本领来。

"我以前是一名警察，因为迫不得已，才撒了这样的谎，还请多多谅解。"

"我不知道你有多迫不得已，但现在你假冒警察被我抓了个正着。你倒是说说看，怎么个迫不得已法？"

"刚才跟您见面的那个男人，他……是我侄子，之前失踪了一段时间，好不容易才让我找到……但他怎么也不肯告诉我发生了什么事，我只好想方设法地去打听，所以才变成了这样。"

院长就像头上装了测谎仪一样，轻轻地晃着脑袋盘算着老郭说的话。过了一会儿，他不满地咂了咂嘴，瞪着老郭说：

"有的患者来这里商谈过后，会矢口否认自己说过的话，所以，这个房间里的一切都会被录音和录像。也就是说，我手上已经掌握了你冒充警察的证据了。你最好不要再想着骗我，还是老老实实交代的好。这是我给你的最后一次机会。"

老郭的身份和谎言被识穿后，院长便开始对他使用非敬语了，整个一副要把人吃掉的样子。这是个心狠手辣,绝不会轻易善罢甘休的家伙。老郭就像遇到了蛇的青蛙,他知道这种时候只有赶紧缴械投降才是明智之举,于是如实交代了自己其实是个私家侦探,受人委托调查刚才那个男人。他深深地埋着头,不停地道着歉,光亮的头顶一目了然。

虽然不知道自己说的哪个部分打动了他,但院长的表情明显舒展了,仿佛成了一个宽容大度的法官,他对着一脸惶恐的老郭说道:

"现在还有人做私家侦探啊,大爷,那打听出什么来了?"

"这……暂时还没打听到什么。只知道他和首尔站的流浪汉们有来往,还来过这家医院。"

"真没本事。这么一来,你可就失去利用价值了……要是对我有点儿用的话,我寻思着还能放你一马呢。啧……"

虽然明知道院长是在折磨自己,老郭却无力反抗。

"啊对了!目标现在在便利店里打工。晚上就到青坡洞一家便利店上夜班,白天就在首尔站和龙山一带徘徊,总之,精神好像不太正常。"

"在便利店上夜班……哈哈哈……啊哈哈哈。"

院长发自内心地大笑起来。这个从表情到言语都像披了层盔甲一般的家伙第一次暴露自己的真实面貌,老郭用心留意着,希望能从中找到反击的机会,好挽回自己今天的颜面。院长突然停下了如同漏风一般的笑声,凝视着老郭说道:

"便利店？好笑是好笑……但处理起来可就棘手了。对了，你那私家侦探所给不给处理人啊？"

"处理人？您是指……？"

"那看样子就是没有了。你帮我打听一下他的住址，经常去的地方，还有经常一个人待的地方。办好了我自然会答谢你。"

"答谢的话，不知您是说哪种答谢……"

"不告发你呗。"

"谢、谢谢您。"

院长点了点头，突然问老郭要手机。老郭便把旧款手机递给了他。院长掀开手机盖，不知道往哪儿拨通了一个电话，不一会儿就从抽屉那里传来振动的声响，院长拿出另一台看上去像是非法登记的手机，说：

"限你三天之内打给我，逾期不出现的话，后果自负。到时候可别怪我处理那小子时，连你也不放过。"

老郭哆嗦着嘴唇说"知道了"，然后站起身来和院长道了别。老郭恨不得立马逃离这个地方，他感到惊恐万分，之前连这里是狮子的地盘都不知道，还跑到这来装腔作势，真是愚蠢至极。

可是当他走到门口的时候，院长却说了句"等等"，那声音仿佛一下子拽住了老郭的后脖颈，让他停下了脚步。老郭故作镇定，转过身来。

"是谁委托你去调查那小子的？"

"这……委托人信息属于机密……不方便透露。"

老郭努力让呼吸平复下来，向对方展示出自己的职业精神，这是他最后剩下的一点自尊了。院长再一次爆发出漏风般的笑声，用嘲弄的眼神看着老郭。

"不管委托人是谁，如果他也希望那小子消失的话，你大可以转告他不用担心，很快就能如他所愿。你就坐等着看好戏、捡便宜吧。要不了多久，那个小子就会消失的。到时候你就说是你处理的，然后向委托人索要余款就行了。"

从医院出来后，老郭失魂落魄地走在街上，不知不觉间来到东湖大桥的桥底。他顺着楼梯来到了桥上，冷风就像锋利的刀片一样割在脸上。从江的南岸望向北岸，远得仿佛看不到尽头。老郭停下脚步，低头望着江水。深蓝的江水就像无法逆流的时间一样，静静地流淌着。老郭忽然萌生出一种想和江水一同逝去的想法。要跳下去吗？反正就算少了自己一个，这个世界也不会有任何改变。像他这样一无是处的人，未来注定了要遭受蔑视和鄙夷，而刚才在医院里的遭遇就像是提前上映的预告片。真耻辱。老郭从钱包里取出警察证件。假证件上的照片还是自己四十多岁正值壮年那会儿当警察的样子，再看看现在，就是一个穷困潦倒、满嘴假话的骗子。

最终老郭没有跳下去，但是把警察证件扔进了水里之后，他才得以迈开脚步离开。

老郭从江南走到江北,在钟路一家大书店里暖了会儿身子。差不多到晚饭时间时,才出发来到约定见面的场所。在乐园商街附近的一家烤猪护心肉饭店里,老郭见到了相识已久的老黄,然后一言不发地喝起了烧酒。上一天休一天的老黄在公寓里当警卫,他见老郭阴沉着脸,便劝说老郭别再做什么私家侦探了,不如和他一样当警卫。虽然偶尔也会被上级刁难,弄得心情不好,但上了年纪之后,也没有其他比这更好的工作了。

老郭差一点儿就被他说服了。

可三瓶烧酒下肚之后,听着老黄带着酒气的抱怨,老郭觉得连烤肉也嚼不出滋味来了。

"唉,过一会儿我又要回去了。睡一觉醒来,头上还顶着星星,就说要去上班了……最近喝完酒之后都缓不过来……我,得早点睡觉……隔天上班制,对我这种老家伙来说,哪儿吃得消嘛。"

"要是觉得这么辛苦的话,就辞了呗。"

"……辛苦也得干啊,不然每个月连这 150 万的收入都没了……要是不赚钱回去的话,我媳妇能给我做饭吃吗?年轻的时候手脚利索,赚钱快,那时候媳妇对我多好啊……现在沦落成这副模样,我还不如家里养的那条狗呢。倒不如干脆像你这样,到了五六十岁才离婚,一个人反倒落得一身轻松。"

"所以你觉得我看起来幸福?就因为我一个人?"

"当然了,当然……我们老了难道就要受到这样的待遇吗?大到国家的发展，小到家庭的生计，哪一样不都靠我们？……为什么现在要看人脸色？子女平日里连一通电话都没有，这个世界就好像把我们当成废物一样。"

"怎么会呢。"

"喂，你知道当警卫要干什么吗？其中一项工作就是垃圾分类。那些食物垃圾臭气熏天的……垃圾桶也是我刷，脏得不得了。这还不止呢，你知道可回收垃圾和不可回收垃圾的区别吗？不知道吧？有的家伙非要把不可回收垃圾当成可回收垃圾，我让他们贴上不可回收的标签，他们就说哪里轮得到你一个警卫来管，好像我是那些不可回收垃圾一样。这种时候，我真想把那些家伙塞进垃圾桶里去。"

喝高后的老黄嗓门越来越大，引来了隔壁桌的视线。他叽里呱啦抱怨的声音，仿佛在证明自己就是一个不可回收垃圾。老郭往火上浇油似的，给老黄倒满了烧酒。干完后，老黄又开始抱怨家人，抱怨社会。这大嗓门，也真是的。

忍无可忍的老郭重重地用手按住老黄的肩膀，老黄这才停止嚷嚷，抬头看向老郭。

"你说你的家人都讨厌你，对吧？"

"是啊……我被孤立了……"

"我很同情你。但如果我是你的子女，我也会这么做。谁会喜欢你这样吵吵嚷嚷的啊？"

"你，你这家伙。难道我自己的嘴巴还不让说话了吗？"

看着怒目圆睁的老黄，老郭发出一声短叹，反驳道：

"你嚷嚷什么？你知道什么就在这儿嚷嚷？你有现在的孩子学习用功吗？还是说你读过很多书？"

"喂，我在社会上摸爬滚打这么些年，经历了多少？他们读那点儿书有什么了不起？你怎么光替年轻人说话？你家孩子说什么了？你到底是站哪一边的？"

"我？我站在懂得闭嘴和安静的那一边。你这家伙，给我听好了，像我们这种要钱没钱，要权没权的老头，是没有发言权的。你知道为什么大家都想要成功吗？就因为只有成功了，才有发言权。你看看人家那些成功的，七十多岁了，还不是照样搞政治，打理企业？他们就算嚷嚷，底下也有年轻人爱听，子女也都听他们的。但我们不是，我们的人生已经完了，还有什么好嚷嚷的！"

"你说得对，没错，我们已经完了，真没出息……那就让没出息的人凑一块儿嚷嚷呗！都一块儿去光化门吧！喂，你这家伙，离了婚也别这么泄气！这周末跟我一起去光化门，去那放开嗓子嚷嚷几声吧！怎么样？"

真丢人啊。老郭既为朋友感到丢人，也为跟他半斤八两的自己感到丢人。他站起来，拿起一旁老黄的口罩，不由分说地就给昂起头看他的老黄戴上了口罩，然后叫他闭上嘴，去到光化门可别感染了新冠病毒。

结完账后，老郭正准备离开，身后传来了老黄的叫骂声。本来就所剩无几的朋友这下又少了一个。

不知道是因为和老黄不欢而散，还是因为白天受到整形外科医院院长的羞辱，总之老郭不太想回家。所谓的家，其实就是一个像冷窖一样的小单间，屋里黑漆漆的。有的房间光是看着从玻璃窗照射出来的灯光，就能想象到屋内温馨的氛围和欢声笑语的场面，老郭的房间却不是那样的。他不想回到自己一个人的住所里，那只是个和棺材没什么两样的地方。但是不回去的话，大冷天的又没什么地方可去。老郭就这样漫无目的地走在冰冷的街道上，回想着自己的人生从哪一步开始走错了。

先是搞体育的女儿，后是说要上艺术高中的儿子，就在家里正需要大笔钱的时候，一个诱惑恰到好处地出现在老郭眼前。老郭收下了那笔伪装成酬谢金的贿款，用来给儿子买乐器和支付辅导班的费用。然而这么做的代价非常惨重。虽说是为了家人才收受的贿赂，这却断送了他的前途，害他丢了饭碗，从此过上了不光彩的人生。后来，老郭开了一家私家侦探所，游走在非法与合法的边界，妻子便开始疏远他，就连孩子们也不喜欢他，跟他有了隔阂。唉，谁想做这种事情？还不都是为了挣钱？即便是干着这么辛苦的活，受尽了白眼，他还是凭着自己的本事支撑起这个家，供子女读完了大学。

但现在他已经大不如从前了，更比不上那些真正被称作侦探的民间调查员。因为挣不到钱，身为一家之主的威信也随之一落千丈。最后妻子向他提出了离婚，孩子们一出社会也迫不及待地都搬出了家，好久也不打一通电话回来。

不过这也没什么好觉得委屈的。虽然当时完全无法理解，但现在某种程度上已经可以理解了。因为过去两年和家人分开后，他都是自己一个人生活，现在即使没有镜子，他也能认清自己的样子了。独自生活以后，他才发现自己除了会赚钱以外，其他的一样也不会，说到弄吃的，顶多就会煮个泡面而已，甚至连洗衣机他都不会用。跟孩子们说话也是又尴尬又费劲，对妻子就更不用说了，动辄大声吆喝，就只差没动手了。而孩子们从小就在一旁目睹着他的这些行径。所以他会被家人孤立，完全都是咎由自取的。

当老郭意识到失去可以说话的家人完全都是自己一手造成的后，他发现遮在嘴上的口罩变得没那么不舒服了。一早就该把这张嘴给封上了。每当那些无意识说出来的伤害家人的话原原本本地回荡在脑海中时，老郭就会想起一个词——自作自受。

吹着残冬的寒风，老郭的酒醒了大半，经过市厅和南大门后，在首尔站见到了几个流浪汉，他像条件反射一般，开始走向青坡洞。虽然本来打算在首尔站坐公交车回元晓路的住所，但现在他改变了主意，决定先去一趟青坡洞。突然间，老郭很想回到今天这段漫长路程的起点，和收银台前那个寡言少语、像只熊一样的目标说上几句话；他很想摘掉口罩，行使一下他所没有的发言权；他很想告诉目标，在这大冷天里，自己是怎么跟着他在街上彷徨的，也很想问问他彷徨的原因是否和自己一样，他的真实身份是什么。

来到便利店门口时，老郭犹豫了片刻，因为目标正和一位老太太在收银台那儿说着话。看老太太没有买东西，不像是客人。老太太指了指什么，目标便朝着她指的方向走过去，重新调整了一下商品的位置，老郭这才意识到那老太太就是便利店的老板。当他发现那个老太太是委托自己办事的姜民植的母亲时，他变得更加犹豫不决了。

要不要回去算了？正纠结间，"当啷"一声，老太太推门走了出来，笑着和目标挥了挥手，然后离开了。老太太看着和自己年纪差不多，但既然是姜民植的母亲，年纪应该有七十多岁了。那面容慈善的老太太为了自己的儿子一定操了不少的心，老郭边想，边走向便利店推开了门。

"……欢迎光临。"

目标慢了半拍地打招呼道，老郭没有理会，径直走向冰柜。虽然现在是冬天，但不知怎的感到口干舌燥。大概是因为杂念太多吧。为了畅快地清空掉这些杂念，解解渴，他随手抓起了几罐 500 毫升的啤酒，走向收银台。

"大爷，这个……如果换成……和这个一样的……四罐只要一万块。"

"是吗？"

"是啊，现在总共一万三千七百块……要是把这个换成这个的话，是一万块……能省三千七百块呢。"

"哦……原来如此。"

于是老郭乖乖地按照目标说的，去冰柜重新换了一罐啤酒，回到收银台，目标又问他要不要袋子，他说不用。结完账后，老郭把其中两罐塞进大衣口袋里，另外两罐拿在手里，走出了便利店。在外面的露天桌子旁坐下后，打开了一罐啤酒。绿色易拉罐的啤酒握在手里冰冰凉凉的，喝了一口之后，猝不及防地打了个嗝。

便利店的门突然打开，目标提着什么东西走了出来，放在老郭旁边，然后插上了电源。竟然是一个暖风机？有暖气吹着，身旁仿佛坐了个人。老郭想用眼神向他致个意，可是转过头去看时，目标已经回到店里了。这是个什么情况？还有这样的服务？

很贴心。并不知道老郭身份的目标，就像平时接待客人那般热情周到，不仅帮着顾客一起省钱，还为在寒风中喝酒的他送来了暖风机。这意想不到的款待，让老郭本来想找碴的心情也一下子消失不见了。老郭独自享受着这冬日里的啤酒，很快就消灭了两罐，不仅腰被暖风机吹得暖暖的，连胃里也暖暖的。

就在这时，门口又传来了"当啷"一声，目标走了出来，在老郭的对面坐下，两只手上都拿着滚圆的像热狗一样的东西，他将其中一个递给了一脸诧异的老郭。

"老人家，这个……是鱼糕棒……很好吃的，用微波炉热过了……一人吃一个吧？"

老郭假装淡定地看向鱼糕棒。原来是个大香肠，应该是刚用微波炉加热的，还冒着热气，看着让人口水直流。但他还是觉得很可疑，目标为什么要给自己这个呢？莫非已经识破了自己的身份，所以想过来试探一下口风？

"为什么给我这个？"

"没有下酒菜干喝酒……伤胃，天气又这么冷……来根热乎乎的鱼糕棒，不是挺好的吗？还有，这个……保质期刚过，是下架商品……但还能吃，所以您不用觉得有负担。"

目标结结巴巴地说着，又朝他伸出了手。听见是下架商品和还能吃以后，老郭才安心地接过来咬了一口。热乎乎的香肠刺激着他的味觉。他一边嚼着鱼糕棒，一边默默地观察目标，只见目标也在心满意足地吃着鱼糕棒。

"味道怎么样？还好吧？"目标边嚼着食物，边口齿含糊地问道。

老郭点了点头，继续大口吃着鱼糕棒。他又开了一罐啤酒，喝了一大口下肚，然后突然哭了起来。突然失控爆发的情绪让他哽咽落泪，肩膀也不由自主地抖动起来。目标来到身旁，把手搭在他的肩膀上，这回用清晰的发音询问他怎么回事。老郭用袖子擦了擦眼泪，然后回头看向目标。

"我没事。反倒是你要当心。有人盯上你了。"老郭就像一个对暗号的间谍一样小心翼翼地说道。

但目标只是歪了歪脑袋,似乎并不明白他在说什么。

"你今天是不是去了狎鸥亭站的整形医院?"

听到这儿,目标的脸色立马变了。一双小眼睛里的瞳孔登时放大。他用和刚才不一样的眼神直视着老郭,问他是怎么知道的。那眼神叫人脊骨发凉,让老郭有种以前当警察时被凶巴巴的检察官指示着去做调查的感觉。老郭向他坦白了一切,说是这家便利店老板的儿子委托自己来调查他的,现在已经跟踪他四天了,今天看见他去首尔站找那些流浪汉,也知道他去了整形医院,还把整形医院的院长想要杀他的事情也全盘告诉了他。

"他还问了你的住址,其实我知道你住在东子洞的板间屋村那儿,但我没有告诉他。虽然我不知道你和那个人之间有什么深仇大恨,但他肯定是想要你的命。"

一直默默听着老郭说话的目标忽然抽动了几下脸上的肌肉,接着"哈哈,噗哈哈,哈哈哈哈"地放声大笑了起来。看见目标狂笑不止,老郭甚至怀疑他是不是在嘲笑自己,心里正感到不快时,目标却突然停止大笑,转而凝视着老郭,说:

"大爷,谢谢……您告诉我这些,但不用……担心。"

目标似乎毫不担心,咧嘴笑了笑,继续吧唧吧唧地嚼着手里的鱼糕棒。把一切都告诉独孤之后,老郭的心里反而变得空落落的,他拿起易拉罐,喝完了剩下的啤酒。

"可是,老板的儿子为什么……要让您来……调查我呢?"

"他说,你来上班以后,便利店的销售额涨了,这样会阻碍他卖这间店铺。只有生意不好,他的老板妈妈才会放弃这里。"

"哈。"

"怎么了?"

"您看看,现在都过去三十分钟了……一个客人也没有。这生意……横竖都是不好的,可老板也不会……卖掉这里,我可以……保证。这和我……在不在这儿工作没关系。"

"那是为什么?"

"老板不是……为了赚大钱,才开这个便利店的,她靠自己的……教师退休金,就完全可以……养活自己,所以,这个店只要能付得起……员工们的时、时薪就行了。"

"但是……她的儿子总想着赚大钱啊,再怎么说也……"

老郭说到后面,不自觉地含混起来。因为无论是刚才姜民植母亲表现出来的风度,还是眼前目标透出来的果断,都让他感受到某种无法撼动的真实。四十多年的警察和私家侦探经验,让老郭见识了太多谎言,所以只要一触碰到真实,他立马就能感应出来。

"您这么……转告他,老板是绝对不会……卖掉店铺的。啊,还有,如果摸清……我的底细,还帮着他把我赶出便利店的话……您就能拿到余款……是吗?那您和他说,是您把我教训了一顿,把

第七章　虽然是下架商品,但还能吃

我赶走的……然后把余款拿到。"

"这,嗯,是什么意思?"

"本来我也正好……打算不干了。"

目标扬起嘴角,用手指指便利店的门。

玻璃门上贴着便利店的"兼职招募"广告。该死,好歹名义上也是靠眼力吃饭的人,竟然连就在眼前的线索都没发现!看来真到该退休的年纪了,老郭不得不感慨道。

老郭站起身,走到门口去看了看那张公告。晚上 10 点到次日早上 8 点,共 10 个小时,时薪为 9000 韩元,比最低时薪还高出了 500 块。是夜班的缘故吗?条件还不错呢,老郭在心里想着,然后回到座位上。他看向目标,目标神情自若地正在喝着什么。是玉米须茶。目标看到老郭惊讶的表情,便擦拭了一下嘴唇,说道:

"啊,我戒酒了……这个很香,我很喜欢。"

"可是……你辞职之后,打算去哪儿?据我这几天对你的观察,你能去的地方也就只有板间屋和这里而已。"

"大爷,果然是老、老行家啊,对我的行踪……已经掌握得一清二楚了。"

"这有什么掌握不掌握的,倒是托你的福,喝了不少冷风,也走了不少路。"

"嗯……我这几天……确实走了很多路。脑子乱的时候……走路是最好的。我决定要离开……首尔了。考虑了很久……现在才鼓起勇气来。只要找到……接替我干活的人……就打算离开了。这样算回答了您的问题吗？"

老郭默默地点点头，微微一笑。这是一个什么奇怪的状况。照理说是绝对不能和目标接触的，可现在老郭自己和目标聊起了天，而且目标还反过来教他要怎么做。聊天的过程中，老郭情不自禁地替目标担心起他的未来，听了他的回答后才放下心来，这是怎么回事？最主要的是，这个地方让人感觉很温暖。暖风机一直吹着腰，让人觉得暖暖的；大块头男子坐在对面，挡住了迎面吹来的寒风，也让人觉得暖暖的；还有这家便利店的老板，为了员工的生计着想，哪怕不挣钱也不肯卖掉店铺，同样让人觉得暖暖的。

"那您是探员……之类的吗？"目标饶有兴致地问道。

"差不多可以这么说吧，别人都叫我私家侦探所的老郭。"

"那……我也可以委托您吗？我想……找个人。"

这又是什么情况？今天怎么净是从意想不到的地方来活儿？老郭心里感到并不十分痛快。目标看见老郭犹豫，便立即信誓旦旦地补充道：

"当然了，我会给您……报酬的。委托费用……要多少呢？"

"你的话，我收便宜点。不过你要找的是什么人？知道姓名和身份证号吗？如果知道的话，我直接就能给你找着。"

"好，知……道的。"目标平静地说道。

老郭点了点头，算是答应了。

第七章　虽然是下架商品，但还能吃

"但是我要找的人……已经死了，也可以吗？"

"当然。"

目标点了点头，像个孩子一样露出灿烂的微笑。老郭平复了一下呼吸，然后问道：

"那个兼职，像我这样的老头也能应聘吗？"

目标眼睛一亮，朝老郭挺起上身，说：

"当然可以。"

"那我再问一个问题，像我这么木讷，而且从没干过服务行业的人，也能做得来吗？"

"大爷，您不是开……私家侦探所的吗？那难道不是服务界的……3D 工作[1] 吗？您应该……也和各式各样胡搅蛮缠难应付的客户……打过交道吧？这里除了有一位极品老太太……说吃了冰激凌冻牙……非要拿吃过的冰激凌来退货以外……其他的顾客都温顺得跟绵羊一样。"

"什么极品老太太？"

"就是一位……比较难缠的极品客人。总之……您完全可以应付得来。"

目标一直强调老郭能够胜任这个工作，表现得非常积极，也不知道是不是为了能尽快离职，想赶紧找个接替自己的人。老郭看起

---

[1] 译注：即"脏（Dirty）、累（Difficult）、险（Dangerous）"的工种，简称 3D 工作。

来很严肃，他拿起啤酒干完后，直勾勾地看着目标，说：

"这是我最后一次接受委托，做完你这一单后，我就不再干私家侦探了，我要转行来便利店干活。你能帮我转告老板，我也想试试应聘这个吗？"

"当然，您只要准备……个人简历和自我介绍就行了，最好……尽快。"

老郭点了点头，打开剩下那罐啤酒。目标配合地拿起了玉米须茶，两人碰了碰杯。这时，有三个青年进了便利店，目标用眼神向老郭打了个招呼，然后戴上口罩回到店里。

喝完最后一罐啤酒后，老郭尽情地呼吸了一大口冬季的冷空气，然后才再次戴上了口罩。

第八章

——

ALWAYS

如果连续一个星期，每天二十四个小时……不，如果无时无刻不沉浸在一个想法里会怎么样呢？如果那个想法满载着的都是痛苦的记忆又会如何呢？如果浸泡在这些痛苦记忆中的大脑，逐渐变得越来越沉重，最后因为无法脱离痛苦而沉入茫茫大海的话，那么大脑就会成为一个巨大的秤砣，拉着你一起坠入深渊。不久之后，你会发现，自己正在以其他方式呼吸着，不是通过鼻子和嘴，也不是通过鳃，虽然你仍觉得自己作为一个人类生存在这世上，你却只是一个不人不鬼的家伙。为了忘记痛苦的记忆，我连饥饿一并忘却了，在酒精的冲洗下，大脑里的大部分记忆都随之挥发了。现在的我，已经连自己是谁都说不上来了。

　　大约就是在那个时候，我遇见了一位老人。我费尽全身最后一点力气来到首尔站之后，却再也无法踏出这里半步。正当我因为害怕而颤抖得瘫坐在地时，是一位老人向我伸出了援手。别人问我名字，我已经回答不上来了，一想到过去就头痛欲裂，每天只往返于垃圾桶和地铁站前的救助站，是老人把钟路的救助站位置和乙支路地下通道的根据地位置告诉了这样的我，也是他教会了我怎样才能"自由出入"流浪人员救助保护机构。

如果没有这位流浪汉老前辈的帮助，我早就已经死了。虽然脑子里的记忆丧失了，但是体内的各个器官似乎还保留着过去的记忆，各种心血管疾病纷纷找上门来。要不是老人介绍我去医疗援助设施接受紧急治疗和药物治疗，现在的我恐怕已经在另外一个世界了。不过，我经常就着烧酒吃药，所以身体并不见得好转多少，但至少可以稍微死得慢一些。

我和老人经常一块儿喝酒。他的酒瘾比我还大，一天到晚都泡在酒精里头，仿佛醉拳就是他人生唯一的武装，不喝酒就没法保护自己。他说着流浪汉不能乞讨，可是一旦没酒喝了，又无论如何都会去乞讨酒钱。即便是这样来之不易的酒，他也会毫不吝惜地和我分享，或许是因为老人受到首尔站其他流浪汉群体的排挤和欺负，所以他需要一个像我这样的大块头保镖，又或许是像传闻说的那样，老人以前是受金融危机影响而破产的大企业经理，身边需要带一个秘书。

老人总是醉醺醺的，一天里的大部分时间都是用来和我说话。我们主要待在首尔站里，一边看着电视，一边谈论政治、社会、经济、历史、娱乐、体育等各种话题。看着24小时新闻频道里播出的大事小事，你一句我一句地说些不着边际的话，就像实时回帖评论似的。就这样和老人聊了一年多后，我学到了很多东西。这些东西与我以往所接触的领域完全不同，其中主要就是一些别人家长里短的生活琐事和情感状况，我在这个过程中也逐渐变得能够跟他们感同身受。我和老人之间唯一无法分享的，就是彼此的过去，仿佛有一条不成文的规定横在我们中间，让我们没法想起过去的经历，就算想起来了，也不能和对方分享。

大约在首尔站待了两年，也是和老人认识了一年零六个月的时候，有一天，老人蜷缩在我旁边，度过了他人生最后的时刻。在死亡面前，我什么也做不了。要给他做人工呼吸吗？还是叫救护车？那天凌晨，当我感觉到他快要死时，我只能背靠着他躺着，尽可能地把我身体的温度传递给他，脑海里不断回想起老人前一天说过的话，那句类似遗言一样的话。

独孤。老人让我记住他叫独孤。该死。也不知道那是名字还是姓，他没有力气再说下去，而我也不想继续再问。第二天早上，独孤死了。为了纪念他，我就成了独孤。

在那之后的两年里，我依然没有离开首尔站。我也没有再去钟路、乙支路或流浪人员救助保护机构。当一切都可以在首尔站和广场周边解决时，我才觉得自己真正成了一个流浪汉。我每天孑然一身，与孤独如影随形，仿佛这就是叫作"独孤"的代价。我一个人可以随随便便应付两个人，但是和三个人或更多的人打群架时，我就只能被他们狠狠地揍一顿，然后去医疗站治疗，有时候会心律不齐，有时候小便会尿不出来，有时候脸还会肿得跟个包子似的，但我把这当作一个走向死亡的过程，所以并不觉得十分痛苦。刚开始我还试着去找回过去的记忆，但很快就发现这只是徒劳。一个人日复一日地过着，慢慢地，连说话也变得生疏了，自然而然地也就养成了口吃的毛病。但这似乎更加容易激发人们的同情心，对我乞讨买酒钱更为有利了。我可以随时随地用颤抖的声音吃力地说着："肚……子饿……很……饿……"

那天，我盯上了两个恬不知耻的家伙，前几天就是他们把我的酒给抢走了，我正想拿他们俩开刀，教训教训他们，好给西部站一楼那伙流浪汉瞧瞧，不然的话这种事还会再发生。虽然在这个地方也没什么东西可值得被他们抢的，但还是要做好不会被抢的准备。就在我距离他们身后还有两步远的时候，他们突然起身离开了。两个家伙欢呼雀跃了一下之后就晃晃悠悠地走远了，只见其中一个手里还拿着一个粉红色的收纳包。呀呼，一箭双雕！我冲了上去。

我不仅把他们收拾了一顿，还抢走了那个收纳包，一下子完成两个任务之后，我回到自己的根据地坐下来，心满意足地打开了收纳包。然而里面除长款钱包、零钱袋以外，还装着存折、身份证、网银动态口令牌等各种重要物品，我开始紧张起来，搞不好还有可能会被请去警察局。头疼，我枕着收纳包打算直接睡一觉。虽然肚子很饿，可是比起吃东西来，此时此刻的我更需要睡上一觉。

但是没过多久我就醒来了，因为脑子里浮现出收纳包失主的脸。从身份证上的照片和年龄来看，失主是一位老太太。那张慈祥的面孔总是浮现在脑海中，弄得我一直睡不踏实。于是我重新打开收纳包，翻看了里面的手册，只见最后一页上写着个人信息和联系方式，还工工整整地写着一行字："拾得此手册者请与本人联系，酬谢。"拾得此手册者……这个"者"字让我有那么片刻感觉像个"人"了，我不由自主地站起身来，走向公共电话亭，从零钱袋中取出硬币之后，拨通了手册上的电话。不一会儿，那头就传来一个上了年纪的女声，听上去有些焦急。她说她会尽快赶到首尔站。

那是我第一次见到老板。

青坡洞胡同里的一家小便利店——"ALWAYS"，我来这个地方已经有一段时间了，但是就连我自己也没反应过来是怎么来到这里的。在这里有一个明显的优点，就是不用担心冬天的寒冷和空腹带来的饥饿感，而缺点就是不能喝酒，但我还是忍住了。自从接受了老板的提议之后，我就把酒戒了，开始来便利店上班。这么做大概是出于我体内仅存的那一点儿生存本能吧。就像流浪猫怀孕后跑到人家家里去生小猫崽一样，也许我也还有生存下去的最后理由，所以才把酒瘾给戒了，来到这个庇护所。

戒了酒后，我吃的东西多了，睡得也暖和了，身体状况有了明显改善。回到板间屋里卸下紧张,从中午一直躺到晚上,这里仿佛成了治疗我的病房。到了晚上起来上夜班时,什么疾病都像消失了似的,一身轻松。在"生与死"的平衡木上,我一直都在"死"的这边徘徊,这下我也能慢慢地走上平衡木,小心翼翼地打开双臂,寻找平衡。更令人惊讶的是,脑袋里的血液也开始流通了,现在不仅能够回答上同事们的提问,思考的速度也变快了,而且接待客人时口吃的毛病也愈发见好了。

总之一句话,我又变回"人"了,如冷冻人的大脑般冰冻起来的那个地方,仿佛有电流通过似的,横亘在记忆与现实之间的冰壁正在融化,猛犸象这样的庞然大物也缓缓地从冰川里浮现出来。埋藏在我记忆中的那些尸体,如同僵尸一般站了起来,一窝蜂地朝我扑了过来。我一面被它们撕咬着,一面拼了命地想要看清楚它们的脸,但这些都还在我的承受范围之内。

随着我越来越熟悉便利店的工作,记忆也变得越来越活跃。某天一大早,一个女人带着女儿来到店里买东西,瞬间,仿佛空气都变了样子,一切都发生了改变。她和女儿在货架前看看这个、看看那个,就像在参观美术馆似的,还相互分享着各自喜欢的口味。当母亲问到女儿喜欢吃什么零食时,女儿的回答是那么的认真,她们的声音里充满了温情。看着这样真情流露、似曾相识的场面,我的记忆开始不断被拉扯。最后,母女俩达成协议,心满意足地将零食拿到了收银台,我却不敢抬起头来看她们。因为我怕和她们对视的瞬间，双腿上的筋就像全部断掉一样，整个人会瘫坐下去。

结完账后，我才勉强抬起了头，望着她们走出便利店的背影，我记起了自己也有妻女的事实。是在这个时候我脱口喊出了女儿的名字吗？那位母亲和女儿在那一刻回头望向了我。当看见她们的脸后，我才停下继续往记忆深处探寻的脚步。

我又重新回归沉寂之中。晚上默默地守在店里，白天回到棺材般的板间屋里，拉上窗帘，任自己淹没在黑暗中。解决了温饱问题后，酒瘾便悄悄地冒了出来，每次我都要借助玉米须茶来将它抑制下去。为什么是玉米须茶？因为当我在寻找酒精饮料的替代品时，正好看见玉米须茶搞"买一赠一"的促销活动。不知道是不是"安慰剂效应"，反正喝完玉米须茶后，不仅口渴缓解了，喝酒的欲望也降低了。

上了一个月班之后，扣除老板预支的100万工资，还能剩下80万左右。在便利店上一个月夜班的工资比我过去几年在首尔站里乞讨和捡来的钱还多，但是我并没有什么地方需要花钱的，于是把剩下的80万现金叠起来，直接塞进大衣口袋里，也不去想它。虽然老板让我赶紧去补办被注销的身份证，然后开通存折和银行卡，但我并不想这么做，便一拖再拖。刚来到这里时，因为出面阻止那几个袭击老板的小混混，我不得不去了一趟警察局，也是在那个时候，我知道了自己的本名和身份证号，所幸的是我没有犯罪前科。但一出警察局后，我又立即丢掉了自己的本名。

一旦重新补办身份证，我就得生活下去，如果回归正常生活的话，必然又会再次遭受痛苦。无论是依稀记起来的那些事，还是即将浮出水面的过去，我都没有勇气去直面它们。既然这些创伤令我无法承受，甚至严重到烧断记忆的保险丝，那我又何苦再去唤醒它们呢？

只要过完这个冬天就可以了，我想。或许是老独孤死去的那个冬天，让我感到害怕；又或许是从他僵硬的后背散发出的寒气，驱使我去寻找一个更暖和的地方。而便利店不就是最佳的选择吗？在便利店里，我可以稍微舒适地度过这个冬天，打起最后的精神。到了春天，我要连独孤这个名字也一并丢弃，真正成为一个无名氏，飞向天空。在我还有力气的时候，我要离开首尔站，从跨江大桥上面纵身跳下去，融入横在这座城市的江河里。所以，这个冬天，我要在这里积攒能够支撑我纵身一跃的力气。

但是自从重新记起妻子后，她的面容便一直清晰地印在脑海里，挥之不去。去警察局的时候，我被告知自己有家庭、有妻女，但我选择了遗忘，现在这个事实随着时间的流逝变得越来越清晰。我想起妻子的面容和她的每一个动作。她个子小小，一头短发，个性沉稳，十分文静，对每件事都寡言少语、深思熟虑，对我的脾气和自以为是常常一笑置之。但是那一天，妻子却冲我发火了。这是为什么呢？是什么原因让她用那种鄙夷的眼神看着我呢？她尽管眼神里满是愤怒,却依然保持着一贯的沉默寡言,这让我愈发地感到生气,她把我甩开之后便提着行李出了家门。

门口传来"当啷"的声音,把我从记忆中拉了回来,此刻的我正在清晨的便利店收银台前打着瞌睡。趁着大清早去上班的顾客还在那儿挑选商品,我拿起了一旁的玉米须茶,猛灌几口下去。以前都是靠酗酒来压抑着这些记忆碎片,现在为了不让它们再次冒出来,我只能一口接一口地灌着这瓶清澈透亮的棕色饮料。

年末的时候,便利店的前辈诗贤被其他便利店挖走了。首先,我对有人挖走便利店的兼职生这件事感到很意外;其次,她说这都要归功于我,离职前还送了一把剃须刀给我,这让我再一次感到很意外。我稀里糊涂地接下剃须刀,摸了摸新长出来的胡茬,刺刺的。诗贤让我好好刮胡子、好好过日子,我也祝她一切都顺顺利利的。

诗贤走了以后,我和另一位同事吴女士分担的工作量就多了起来。吴女士仍然没有把我当成一个"人"来看待。如果说流浪生活给我带来了什么收获,那就是能立即分辨出人们视线里隐藏着的含义。在首尔站的那段日子,大部分人看我的视线都是三分同情七分轻蔑,偶尔也会有个别真心替我担忧的人。虽然难以置信,但也有一些羡慕的目光,虽然可能连他们本人都没有意识到。

而吴女士看我的视线则是一分同情九分蔑视,蔑视占了绝对上风。但我并不会因为这样就受到打击。实际上,在交接工作的过程中，感到不自在和辛苦的人反而是她。交完班后，我会清扫一下周边卫生，擦一擦门口的桌子，每次她都让我不要弄了，赶紧下班。本来搞卫生是件好事，但她不想看见我在她面前晃悠来晃悠去的。不管吴女士喜不喜欢，我还是照旧做着我的事情。因为我想尽己所能地去报答老板，是她雇用了我，让我能在最后一个冬天睡上舒服觉。

不过有一位住在附近的白发老奶奶，每次看见我打扫都感到甚是欣慰。她看上去八十多岁的样子，总是驼着背，脖子上缠着一条像大蟒蛇一样的围巾，在附近到处溜达。有一次，她看到我正在擦便利店门口的桌子，就问我，大冬天的，又没有客人，为什么还要每天都打扫。我说得擦掉那些鸽子粪啊。不知道是不是因为老太太很讨厌遍地的鸽子和鸽子粪，她听了我的回答后，露出了十分满意的神情。

第二天，白发老奶奶就像出来遛弯似的，带上其他老奶奶们来到店里。她们都很喜欢便利店里特有的促销活动，有时还会带上孙子孙女一起来挑选"买二赠一"的商品。有一次，白发老奶奶在店里买了饮料，为了感谢她，我帮她把饮料提到了她家里。不知道她是不是在老年人活动中心那儿和其他老人炫耀了一番，从那以后，其他老奶奶在店里买了东西，也会让我帮她们提回去。甚至还有人将地址告诉我，让我一会儿给送过去的。反正我也没事可做，而且让自己累一点的话，回到板间屋后才能睡得更好，所以我并没有理由拒绝她们。再说，不管是和她们一块儿提回去，还是我自己送货上门，老奶奶们经常都会给我塞一些年糕、麻花和水果之类的。

她们对我来说，有的像是奶奶，有的像是母亲，有的像是姑姑和姨妈。在与她们相处的过程中，我能感应到残存在记忆里的母性关怀，这让我心里感到一阵阵的温热。要说有什么烦恼的话，就是奶奶们即使戴着满口假牙，也还是不厌其烦地向我打听着五花八门的问题。"小伙结婚了吗？""离过一次婚了吧？""再给你找个媳妇？""今年多大了？""要不要和我侄女见个面？""来便利店上班以前是做什么的？""平时去教会吗？""有没有兴趣来我们果园工作啊？"……她们随心所欲地问着各种或相同或不同的问题。我只好轮番用"没有""不是""没关系""不用了"这些话来应付她们。幸好，可能是老人们觉得我的人生经历比较坎坷，问了几次之后，也就不再问了。只有那位白发老奶奶是个例外，每回见到我都得问上一遍，仿佛把这些问题当成流行歌曲来哼唱了。

"你以前是干啥子的呀？我老了，帮是帮不上啥子忙咯，但我还是要问问，不然我这好奇心忍不住啊。你说长得这么俊，咋跑来干这个了呢？"

老人家，我也是一无所知啊，要是我能记起来的话，我也很想告诉您。因为您对我很好，所以我也很希望能解答您的疑惑。现在回想起来，也许正是白发老奶奶的不停念叨，才让我心中一直有这个疑问——我、究竟、是、谁？

不管怎样，便利店的上午时段变得繁忙了起来，但吴女士对此似乎不大满意，总是数落道，即便多了这些老奶奶们光顾，又能多卖几个钱？不过事实证明，便利店的销售额确实增加了，见老板高兴，吴女士也就不再多说什么。毕竟便利店如果因为生意不好而关门大吉的话，她自己也会因此丢了工作。

新年到来之际，吴女士突然向我道歉了。她说去年对我有些误会，觉得很抱歉，希望新的一年能一起加油好好干。于是我对她说，她炸的便利店炸鸡最好吃了。吴女士听后，说比起她家的男人，和我聊天倒更谈得来，还向我发起了牢骚。她叹了口气，说跟自己的丈夫和儿子这辈子都无法沟通。她失落的样子让我有一种莫名的熟悉感。"无法沟通"这个词语，让我的胸口一阵发堵。是谁说我无法沟通来着，是妻子？还是女儿？那个满脸尽是失望，和我再无话可说的样子，落寞离开的她……既像是妻子，又像是女儿。到现在我仍然无法确定她到底是谁。

在那之后没几天，吴女士刚来上班就哭了起来，我急忙过去想安抚她一下，结果却发现我什么也做不了，我只好把我平时用于戒酒的玉米须茶递给了她。她喝了一口饮料后，心情似乎稍微平复了些。然后她缓了口气，开始像机关枪一样抱怨起她的儿子来。她和儿子之间有着十分严重的隔阂，她的儿子似乎已经厌倦了脱离正轨的人生，但是又很难重新步入正轨。事实上，这个社会也不是说只要你一直在正轨上奔跑,就一定能平安抵达目的地,所以我也无法说什么,只能静静地听着吴女士倾诉。她是有多无处倾诉才会对我说这些呢?我心里一边想着,一边听她诉说。

"换位思考",这个词也是在我脱离人生轨道之后才领悟出来的。之前我基本上都是过着我行我素的人生,有很多听我话的人,我的感受永远排在第一位,不能接受的就请他离开。即便面对家人,我也是这种态度。想到这里,之前那个疑团终于解开了。说我无法沟通的人,正是我的女儿。我努力地回忆着女儿的面庞,拼了命地不让眼泪落下。妻子一直都在容忍我的无法沟通和我行我素。长期以来,我都以为妻子认同我说的话,可事实上,她只是在忍受我罢了。

女儿则不同,虽然她不像妻子,但是更不像我。如吴女士所说,自己怀胎十月生下来的儿子,怎么会跟自己这么不一样?同样地,我和女儿也有着许多不同的地方。性别、思维方式、代沟这些就不用说了,连口味、兴趣也都很不一样。女儿不吃肉,对学习也不感兴趣。在丛林般竞争激烈的大韩民国社会,像她这样的"草食动物"太弱了,所以她总少不了挨我骂。小时候这么说她几句,她还会假装听一听,可是青春期之后,她就开始逆反了。这是我无法接受的,但妻子成了女儿的保护壳。那时的我一直认为是妻子导致我和女儿之间无法正常交流,但现在我似乎明白了,造成我和女儿之间出现这种隔膜的原因在我,是我把妻子辛辛苦苦制造的机会一脚踢开,于是女儿在我的眼里成了一个任性的孩子,而在女儿的眼里我成了一个透明人。这，就是一切问题的开端。家庭的破碎，人生的不幸，妻女的离去，一切都缘于我的漠不关心和高傲自大。

　　随着时间的流逝，我在痛苦中失去了记忆，好不容易重新睁开眼好好看看这个世界的时候，我才开始悟出换位思考的道理，眼里也开始会流露出同情，开始学着怎样走进人的内心。可是这个时候，我的身边却没有人了，再去找能够好好交流的人似乎为时已晚。但是我要振作起来。眼前的吴女士正在擦拭着眼泪，眼看一只脚就要踏入我曾经深陷的泥沼里了，我要帮助她，正因为我自己亲身经历过那种痛苦和悲伤，所以我必须得对她说些什么。就在那时，我想起了嘉蒙说过的话。

　　于是，我把三角饭团递给了吴女士，建议她写一封信，把饭团和信一起拿给儿子，还让她倾听一下儿子的心声，我告诉她，就像现在我听你倾诉一样，你回去也听一听儿子倾诉。吴女士听后，点了点头，我感到羞愧难当。我再也没有写信和倾听的机会了，有的只是羞愧和痛苦。

　　新年假期结束后，从国外流入的传染病越来越严重。各地的集体感染事件激增，口罩和免洗洗手液都卖断货了。老板拿了几个口罩给我和吴女士，让我们在上班时戴。老板因为肺不太好，之前就囤了一些，本打算留到雾霾严重的时候戴。

　　即使上夜班时要一直戴着口罩接待客人，我也不觉得有什么不舒服的地方。结完账后,再从旁边挤一些洗手液出来搓搓手。这些情况明明都很陌生,我却能感觉到自己应付自如。

第二天,为了谨慎起见,老板又给我们分发了薄薄的乳胶手套。戴上那手套的瞬间,我的脑海里闪过一道闪电。我不会忘记这种触感,我把洗手液挤到手套上,搓了搓双手,然后伸到鼻子前,细细地闻了闻那股消毒水的味道。我也顾不上店里有客人,直接就冲出了收银台,跑到最里面那堵有镜子的墙前面站定,审视自己戴口罩的样子。一头短发、一对剑眉,还有一双小眼睛,这和口罩放在一起非常配套,它就像在揭示着我的过去。被口罩遮住的脸,洗手液的酒精味,乳胶手套的熟悉触感,以及那种应付自如的感觉,无一不在唤醒过去的我。

我曾是一名医生。

如果现在给我一件白大褂,一把手术刀,我似乎什么手术都可以做。手术室里的消毒水味和血腥味仿佛钻进了我的鼻子里,医疗器械的噪声如同背景音乐般笼罩着我的身体。我推开便利店的门走了出去,像是要逃离手术室一般,我摘下口罩,呼吸着外面的冷空气。为了不让记忆消散,我得一刻不停地大口大口喘着气。

接下来的好几天,我都抓住这些记忆不断进行拆散和重组。就像在一直不停地刺激着大脑。随着我对自己的了解越多,涌上心头的痛苦、恐惧和一种未知的抵触感就越强烈,再也无从抑制。

第八章　ALWAYS

一天，有位客人声称自己是老板的儿子，拿了四罐啤酒却不肯付钱。那人的眼睛和鼻子长得和老板一模一样，这也验证了他所说的话不假，但我还是不能就这么轻易放他走。这也算是我作为一名店员所能尽到的最大努力。我想让他知道，像他这样一个从来不帮忙打理店铺，还总是想着打便利店主意的家伙，是没有特权可言的。他气红了耳朵，喘着粗气离开了，过了一个小时又折返回来。那时我正在摆货，他满身酒气地朝我走来，把手机举到我面前。屏幕里是他和老板的笑脸。"现在能证明我是老板的儿子了吧？"说完，他又询问了啤酒的销售情况，我如实告诉了他，他却极力否定了我，拿起啤酒愤愤然离开了。那令人心寒的模样，瞬间让我想起了我的哥哥。

我有一个哥哥，他也是个无比令人寒心的家伙。我和哥哥都很聪明，只是我把聪明劲儿用在了学习上，而哥哥放在了动歪脑筋和歪心思上。哥哥早早就开始靠骗人谋生，根本看不起那时刚升入医科大学的我，还说，当医生能挣几个钱？中间有几年他毫无音讯，后来突然又来了消息，想来应该是在监狱里度过了一段日子。

最后一次见到哥哥，是他找到我实习的医院里来，带着威胁的口吻问我要钱。我告诉他，医院里有手术刀，有剪刀，还有剧毒物质，什么类型的杀人工具都有，医生不仅可以救人，也可以杀人，见血就跟家常便饭一样。在那之后，哥哥的容貌和关于他的记忆，就都从我的脑海里消失了。

然而在恢复记忆的过程中,老板的儿子让我重新想起了自己的哥哥。当哥哥的脸浮现在我的脑海后,其他家庭成员的面容就像长在同一根藤上的地瓜,也一道被带了出来。哥哥和我的聪明随了母亲,但在我们很小的时候,母亲就抛下了无能的父亲,自己离开了家,把两个还在上小学的儿子丢给了奶奶带。

父亲在工地里干着别人口中的那种苦力活,一向沉默寡言。他时不时会打一下我们,时不时给我们买一些吃的,除此之外就没别的了。别说照顾我们,他就连自己的人生都应付不过来,总是一副愁眉苦脸的样子。但和哥哥不同的是,父亲可能是看我的学习成绩还不错,对我有所期待,所以还送我去上了补习班,时不时给我些零花钱用。我却遗传了母亲的"冷血"基因,一考上医科大学,就迫不及待地学母亲离开了家。为了忘掉父亲和哥哥在的那个家,我靠做家教赚生活费,拼了命地学习。

我想成为一名医生,呼吸不一样的空气,和家境不错的女人组建属于我自己的家庭。而我也几乎要实现了。这些记忆就像梦魇一样折磨着我,我却无可奈何,只能任由自己被这个梦魇支配。

口罩抢购热潮爆发后,人们为了购买口罩,在药店门口排起了长龙。随着大邱的确诊病例激增,全国各地的医疗人员纷纷驰援相助。一场新冠疫情颠覆了整个世界,此刻的我戴着口罩陷入了沉思。一切都在发生着变化,无论是这个世界,还是我。电视上正在播放一个意大利家庭的不幸事例，他们的亲人因为新冠病毒生命垂危，可是家人们却无法为其送终。

我的脑海里也有一个想法如同传染病肆虐般侵蚀着我。那些像病毒一样的记忆向我高呼，是时候该选择自己真正的人生了。真是神奇，在死亡大肆横行的时刻，方才看见了生命的意义。即使这是我生命里最后一段时光，我也要去探索它的意义。

我恢复了自己的身份。重新办理了身份证之后，我找回了用户名和密码，进入了互联网上属于我的世界。这些都在我的预料之中吗？云盘里有着关于我——不，应该说是关于我和那个事件的一切记录。就像体内有一个编好程序的自动导航系统启动了一样，我立马就反应过来这些都意味着什么。我做了我该做的事情。

我找了老板谈话。她默默地听我说完辞职理由——一个非常私人的理由，之后表示她很理解我，因为这也解开了她的困惑。她深知便利店就是个人来人往的地方，无论是顾客还是店员，都只是暂时的过客，便利店就好比人生的加油站，人们在这里稍做停顿，补充一些物资或金钱之后就会离开。在这个加油站里，我不仅加满了油，甚至还修好了车子。既然车子已经修好了，我也该离开了，是时候重新上路了。老板好像是这么对我说的。

跟踪我的那个男人看上去大约有六十岁的样子。这是我第一次被人跟踪，也是第一次见到这么业余的跟踪。他和我上了同一节地铁车厢后，坐在斜对面的老弱病残专座上，故意扭过头去避开我的视线。我观察了一下他的侧脸，竟然和我的父亲有点像。那中看不中用的大块头和固执死板的面相，无不让我联想到自己的父亲。但最主要的原因还是，他看起来和我最后一次见到的父亲年纪相仿。

当我发现他像我的父亲之后，很自然地就猜到了是谁派他来跟踪我的。只是，那个和我哥哥很像的人究竟为什么要做这种无谓的事？为什么要白费心机来挖掘我的过去？不过真是邪了门了，我并不讨厌他们。现在想起父亲和哥哥，我也不再像过去那样感到厌烦了。我故意看了看跟踪我的男人，像提示他跟上来似的，然后在狎鸥亭站下了车。

到了医院后，我发现已经没有多少张认识的面孔了。院长对待员工的态度就像对待医疗耗材一样，所以用人从来都不长久。当我踏入这个曾经熟悉的工作环境后，过去的感觉便如潮水般涌了过来。前台员工问我有什么事，我拿出咄咄逼人的气势回答完她之后，径直走向院长室。

院长一点儿也没有变。时隔四年，我再次回到这里，他依然连眼睛也不眨一下，若无其事地问我有没有兴趣再回来工作。我直接开门见山地说，在一个快要关门的医院要怎么工作？他也毫不客气地说，看你这几年也吃了不少苦的样子，要是还想荒废下去，就继续做你的蠢事吧。

"你应该很感激我这几年消失了……但现在你和……这个医院

的事情很快就会公之于众……你做好心理准备吧。"

"怎么？内部举报的话，还能给你减刑吗？"

"对你来说……人无异于物品和废品……能赚钱的就是物品……不能赚钱的就是废品……"

"这不是你在行的吗？所以我才招你来上班的啊。"

"但是……人并不是那样的，人与人之间……都是相互联系在一起的。不能……像你那样撇清了关系……草草对待的。"

那一刻，院长露出了阴险的微笑，上半身朝我这边倾了过来，说：

"看你这么严肃的样子，那我也严肃点好了。在你销声匿迹的那段时间，我派人去找过你，都是些非常专业的人士，可是居然都没找着你，害得他们连尾款都没收到。现在我要是放出点儿风声给他们，说你出现了，并答应把尾款和利息一块儿结算给他们，他们肯定会把你五花大绑地送到我面前来，然后呢，我来送你最后一程。"

我笑了。先是嘴角上扬着微笑，然后颧骨一耸一耸地开始大笑起来。院长转动着眼珠子，想看看我是真疯了，还是在装腔作势。那个样子甚是滑稽，我不由得笑得更大声了。看来恶人都不太喜欢笑声，只见那家伙的脸都拧到了一块儿了。

"你死定了，我非要弄死你不可。"

我收住了笑声，面无表情地看着他，说：

"我已经死过……一次了。再……死一次又何妨。告诉你，我已经……举报了。最近有很多……报道这些的电视台。所以，你的那笔尾款……与其给他们……还不如拿来给你自己请个律师。"

"疯子，你想着从我这里弄钱，却把文件给流出去了？到时候你也得一起进去。真搞笑，哈哈。"

"我和你说了，我已经……死过一次了。"

"你在这和我装什么，说吧，你到底想要什么？工作？我已经答应给你留个位置了。还是说你想要钱？"

"我想要的是……这个。"

我举起左手，张开了自进医院起就戴着乳胶手套的手。院长想看我到底要做什么，好奇地伸长了脖子。我的左手握紧拳头，右手则像飞鹰猎食般一把抓住了他的领口，不给他留下一丁点儿反抗的空间，直接往他的脸上就是一拳。院长的脖子"咔哒"地响了一声。我又反向给了他一拳。"哎呀呀！"然后这才松开了他的衣领，院长的脖子歪向一边，"扑通"一下瘫坐在了椅子上。

我撇下这个痛苦不堪的家伙，转身离开了办公室。

第二天早上交完班后，我正准备回家，忽然有人把我叫住了。回头一看，是郑作家拖着行李箱，正大步流星地朝便利店走来。不久前，郑作家搬到了对面的小楼里写话剧，但现在她又要离开这里了。她说剧本的初稿已经出来了，现在要回大学路去了。见她露出了爽朗的微笑，我也跟着笑了。我从她那儿获得了很大的帮助，尽管她不是心理医生,但她问了我很多问题,也给了我很多建议。多亏了她做的这些,不停地刺激着大脑,才让我重新找回了记忆。

"希望您辛辛苦苦写出来的剧本……能在舞台上精彩呈现。"

"新冠疫情越来越严重了,谁知道会怎么样呢!我多不容易才写出来的毕生杰作啊,世界却发生了这样翻天覆地的变化,这都什么事儿啊。"

郑作家说道,口罩上方露出一双亮晶晶的眼睛。她笑着谈论自己的悲剧,却让人感受到一种积极的能量。这就是怀揣梦想之人才具有的能量吧?我们一起在凌晨的便利店里聊过天。为了了解我的过去,她也向我吐露了许多她的过去。我很羡慕,因为她对自己想做的事情甘之如饴、孜孜不倦。我曾问过她,是什么力量在支撑着她。她说,人生本来就是一个不断解决问题的过程。反正无论如何都是要解决问题的,何不努力去挑选一个好点儿的问题来解决呢。

"独孤,您找回您的记忆了吗?在我的作品里,您的那个角色最后找回了自己的记忆。"

"也许是作家您这么写的缘故……我想起来很多东西了。谢谢您。"

郑作家举起了拳头,我也握起拳头和她碰了碰。这是新冠疫情时代的握手法。她笔下那个角色的记忆和我的记忆并没有交融在一起,因为我们都知道没有这个必要。

晚上刚过十点,那位销售员又来到店里,买了一瓶玉米须茶,一桶芝麻拉面和两块"买一赠一"的巧克力,还冲我微微一笑。一想到他那对懂事的双胞胎女儿,我的嘴角也不自觉扬了起来。我递给他一张纸条,上面写着远东医院洪科长的电话号码和我的本名。见他一脸疑惑,我便问他,您不是在卖医疗器械吗?然后让他去找这个洪科长,说是我介绍的,对他多少会有所帮助。

男人一下子就明白了我的用意,连声道谢,还说进展顺利的话,一定会答谢我。我目送着他离开便利店。洪科长是我的大学同学,白天已经和他通了电话。他很诧异我会主动跟他联系,听说我要给他介绍一个销售员时,他再次感到很惊讶。不知道是因为他还记得自己欠了我人情,还是以为我还和以前一样具有影响力,总之,他答应我会把销售员的事情放在心上。如果洪科长从销售员那儿了解到我的近况,想必还会再吃一惊吧。

今天是老郭培训的第三天,他正动作迟缓地给一对看似母女的客人结账。可能是对自己的磨蹭感到过意不去,在客人临走时,老郭大声地冲她们喊道:"谢谢惠顾,请慢走。"走向门口的小女孩也转过身来,鞠了个躬回道:"再见!"看见那乖巧的样子,老郭忍不住哈哈笑出了声,大概是察觉到我在看他,很快他就收敛了笑声,露出了不好意思的表情。

"到现在我还没弄明白怎么个分开结账法,人老了就是笨手笨脚的，拖慢了培训进度真过意不去啊。"

哪里的话。要不是他来顶替我上夜班，我也没法辞掉便利店的工作。而且也多亏了他今天递给我的那张纸条，我才能离开这里。我用今天新买的手机在网上搜索诗贤的视频，"轻轻松松搞定便利店工作——便利频道"上又上传了新的内容。我点开"轻松让你学会如何进行分开结账"的视频后，把手机递给了老郭。过了一会儿，他拿起条码扫描器，一步一步认认真真地跟着诗贤教的去做。听到手机里不时传出诗贤沉着稳重的声音，我也感到非常开心。

"各位，虽然这个频道的名字叫作'便利频道'，但其实便利店的工作是很辛苦的。毕竟是工作嘛。最重要的是，为了让顾客感到'便利'，我们员工就要去承受一些'不便利'。因为只有我们不怕辛苦、不怕麻烦，对方才会觉得更加舒适和周到。这是我花了一年的时间才领悟出来的。所以，哪怕是短期兼职，也希望你们能用自己的'不便'去换取顾客的'便利'。而我呢，一定会尽可能地帮助大家去减少这些'不便'。那么，今天便利频道的内容就到此结束啦。"

凌晨的时候，原本只想着在旁边看看老郭是怎么摆货的，因为老郭信誓旦旦地说自己以前在军队里是补给队的，干这种活肯定没问题，结果今天又出错了，我只好又给他强调了一遍摆货的顺序。

天快亮时，我们坐在店里的角落吃起了泡面。老郭就像憋了一肚子话无处可说似的，开始天南地北地扯了起来。他说老板看起来人很好，又说同样都是上夜班，在便利店上班就要比当警卫强，还问我记不记得老板的儿子姜民植昨天见到他时那个惊吓的样子，然后哈哈地笑个不停。我也停下了筷子，忍不住笑了半天。

老板的儿子看见老郭在便利店里上班时，就像见了鬼一样，整个人都怔住了。他原本是为了把我赶出便利店才请的老郭，却没料到会看见这一幕。他连珠炮似的质问老郭，为什么要到别人的店里来捣乱？而老郭则淡定自若地说，在大韩民国有自由选择职业的权利，还说自己帮他赶走了独孤，任务已经完成了。老板的儿子大发脾气，嚷嚷着自己无论如何也要把店铺给卖了。老郭回应说自己会帮助老板一起守住这个店铺。老板儿子听后，更是气得直跳脚，开始撒起泼来。最后，我走上前对他说，这里距离派出所只有五分钟距离，要是不想在自己母亲的店里被警察抓走，就赶紧消停消停吧。他这才冲着老郭怒喝道，这世界上没有一个可信的家伙，然后愤愤地踹了一脚门离开了。

"这会儿让他知道世界上没有一个人是可信的，以后应该能少上点儿当了吧。"老郭淡淡地说道。

"前几天，老板……向我抱怨，她儿子想要收购的……那家啤酒作坊也是骗人的。因为他执意要卖了便利店……把钱投资到那里，所以老板才去打听了一下……结果发现那真是一塌糊涂。"

老郭听完后，干笑道：

"所以才来找我发泄的啊。"

"老板……因为她儿子……操了不少的心。您原本就认识……

那个家伙，麻烦您多留意留意他。"

"是啊。不过就算那家伙现在这个样子，过一两个月，他又会像什么事都没发生一样，打电话过来说要请吃饭。"

说完，老郭看向了蒙蒙亮的窗外。远处南山塔的轮廓已经逐渐清晰起来，这预示着新的一天又开始了。他看着南山塔，不知道在想什么，一动不动的。我把剩下的泡面吃完之后，收拾了一下桌面。突然间，他转过来问我：

"你有家人吗？"

他的眼神中透着落寞。我朝他点了点头。

"一直以来我对家人都很不好，真是后悔啊，现在就算见了面，也不知道该怎么面对他们。"

我很希望自己能告诉他该怎么办，因为我也有着同样的问题，但也正因如此，我什么话也说不上来。老郭见我神情黯然，一言不发，仿佛意识到自己说了句多余的话，冲我摆了摆手，然后端着泡面转过身去了。

"就跟对客人那样……就行了。"

见我突然开口，他又回过头来看向我。

"对待客人的时候……您很亲切……对家人时……也像对客人那样，就……可以了。"

"像对待客人那样……原来如此。看来我还得在这儿多学一学怎么待客接物。"

老郭说了声谢谢，便转回身去了。仔细想想，其实家人不也是我们在人生旅途上遇见的客人吗？不管是贵宾还是不速之客，只要像对待客人一样对待他们，就不会互相造成伤害。虽然这只是随口说出来的一句话，但是能解答到他的疑问，也让我感到宽慰。只是，这也能成为我自己的答案吗？不，应该问，我也有资格成为谁的客人吗？

确认完吴女士和老郭的交接后，我才离开便利店，朝首尔站走去。先是穿过原来"住"的地方，然后经过广场，来到公交车站。红色的长途客车将从这里出发，带我去往我今天的目的地。候车的时候，我想起了吴女士和她的儿子。吴女士刚才笑着对我说，她和儿子现在会互相发短信了。那天跟我聊完之后，她回去就认认真真写了封信，连同三角饭团一起交给了儿子。没过多久，手机里就收到一条很长的回信。儿子先向她道了歉，然后说自己有真正想去做的事情，现在正在着手准备中，希望她能稍微谅解一下，并给自己一点时间。就是这样一条短信，也能让吴女士重新建立起对儿子的信心。

她打开对话框，向我展示了发射爱心的动物贴图，说这是儿子买给她的表情包。我虽然看不出那个动物到底是狸子还是鼹鼠，但我可以确定的是她现在很开心。

归根结底，生活就是一种关系，而关系就在于沟通。现在我才明白，原来幸福并不遥远，它就在和身边人分享心声的过程当中。去年秋冬在ALWAYS便利店度过的那些日子，不，应该还要追溯到之前在首尔站度过的那几年，我一直在慢慢地学习和体会。给家人送行的人们、等待恋人的人们、与父母同行的人们、与朋友一起离开的人们……我一动不动地坐在那里看着他们，自言自语、兀自徘徊、黯然神伤，艰难地从中获得领悟。

长途客车在路上开了很久，然后驶入京畿南部的一个乡镇。这个地方似乎还在开发的阶段，国道上经常有混凝土搅拌车和施工车辆来来往往。客车在国道上的一个车站停了下来，把我放下后又扬尘而去。我往回走了一小段，来到下车前就看见的那个路标处，停下来看了一会儿，上面显示距离追悼公园"THE HOME"还有500米。于是我顺着坡向上又走了500多米，边走边想，这个追悼公园的名字该怎么翻译呢？"家？""家庭？""摇篮？"我忽然就能理解为什么这么起名了。"HOME"就只能是"HOME"。一想到我这个无家可归的"HOMELESS"正在往"HOME"走，我的心情就变得十分微妙。那里对于我来说，是一个死了之后没办法去住，活着的时候也不被欢迎的地方。但现在我马上就快走到了，是时候该抬起头来面对了。

追悼公园的入口处有一座巨大的雕塑，大到让人一见它就心生一种压迫感，路过这座雕塑之后，我掏出老郭递给我的纸条。上面写着的地址是"Green A-303",我摘下口罩喘了口气。公园建在一处向阳的山丘上,坡有点陡,我累得气喘吁吁的,大口呼吸着山上新鲜的空气。大概因为这里是亡灵之家吧,周围空无一人。就算摘了口罩,也不会受人白眼,我把口罩塞进口袋,继续往前走。

咨询的时候,那个女孩看上去很担心,问了各种问题,比如手术时会不会痛,有没有副作用,需不需要定期做修补手术等。我告诉她手术时会进行全身麻醉,她担心的那些问题只有在江北周边那些不正规的医院才会发生。

"新闻上那些报道都是为了博人眼球的,换句话说,就是因为太离谱了,才会上新闻的。您大可不必这么担心,这里可是狎鸥亭洞啊。您也是了解过我们整形医院才来的,对吧?"

"因为……这是我攒了很久的钱,没法儿再做第二次手术或者其他附加手术了……我可能有点儿太紧张了,毕竟是第一次。"

"您选择我们是对的,这会是您第一次也是最后一次手术,不用担心,只要好好听医院和医生的指示就行了。"

"好的,那我就放心多了,谢谢医生。"

一周后,在这位患者接受手术的时候,我对着另一位来访者重复说着同样的话。女孩的手术由牙科那边的老崔进行,因为有人来咨询,所以在老崔做手术时,我只看了一会儿就出去了。我一边叫我的病人放心,一边却将她交给了幽灵医生,结果导致她在手术过程中丧了命。

院长迅速出面处理了这件事。幽灵医生当然是像幽灵一样不存在的,她的死亡变成了一起医疗事故。尽管死者家属来闹,要我们还回他们女儿的命来,还说要把医院告上法庭,但院长动用了司法界的关系,所以他们连起诉的机会都没有。

最后医院给了家属一笔合适的赔偿金,我也因此离职了,这个事件才算平息下来。院长让我先休息一段时间,避避风头。而我也很久没有休假了,难得可以在家里歇一歇。

到底是从哪里开始出错了?

是因为我把手术交给了幽灵医生吗?还是因为我觉得代理手术是理所当然的,为了多和一个人商谈,多赚一个人的钱就离开了手术室?或是因为我欺骗了那位眼里满是担心和期待,委托我做手术的患者?还是说,我根本就不应该在把代理手术视为家常便饭,眼里只有钱的院长底下工作?再不然就是错在我精神世界太过贫瘠,当医生的初衷就只是抬高身份?又或者应该怪到我那贫穷和无能的父母头上?是他们造就了从十几岁开始就愤世嫉俗,一心只想着过有权有钱的生活的我。

那时的我无从知道答案,哪怕想破了脑袋也不知道。现在我知道了,却也明白一切都已经无法挽回了。我站在 Green A-303 号前,看着这个等于被我亲手杀死的女孩,永远被定格在了稚气未退的二十二岁,眼泪止不住地滑落,我只好拿出口罩擦拭泪水。

我无法直视她。为了找工作和面试,她决定在自己的脸上投资,大学期间一直忙着打工赚钱。为了在这个社会生存下去，她努力地去迎合这个社会的标准，却反而被剥夺了生存的权利。那把夺走她生命的无情刀刃，仿佛仍握在我的手中，让我汗毛直立。

我忍住泪水，把手伸进大衣深处，掏出的不是刀，而是一束花，是昨天提前买好的。我把红色的假花贴在她的灵位上，然后不知所措地站着。眼泪又开始流下来。

听见有人进出的声音，我戴上了被泪水浸湿的口罩，低下头。我闭上泪流不止的眼睛，开始不停地请罪祷告。对不起。真的……对不起。请不要……原谅我。在那边……请安息。请……一定要……安息。

回程的长途客车一进入首尔后就开始堵车，我合上眼睛，就像在睡觉一样，努力抑制着喷涌而出的情绪。

我搪塞妻子说自己正在带薪休假，可是妻子并不买账，一直询问前因后果。我的经验告诉我，越是这种时候，越是要厚颜无耻、胆大包天一些。于是我又找了个借口，说是因为和院长之间有点矛盾，所以休息一阵。不过这个理由也没能坚持多久。因为患者生前所在的志愿者团体跑来医院门口举牌示威，所以这个事情很快就在电视和互联网上传开了。

妻子想要知道真相，但我选择了避而不答。真相有什么重要的？为了自己，为了家人的未来，死死地闭上嘴、什么也不要说才是正确的选择。可是妻子仍不依不饶，说女儿也很想知道爸爸发生了什么事。所以说啊，这不是更应该少说为妙、矢口否认到底吗？无奈之下，我只好告诉妻子，医疗事故并不是我造成的，是徐科长那边的问题，这种事在我们这一行不是常有的吗？而且，院长处理这类事情很在行，一切很快就能回归正轨，现在医院里乱作一团，我只是暂时休息一段时间而已。

妻子不相信这个说法，也不再和我说话了。每天不知道她都去哪干些什么，是去烧香拜佛，还是去外面瞎转，总之，天天都回来得很晚。女儿大概也嗅出了家里的异样，渐渐地，在家的时间也越来越少了。某个周日晚上，我一个人躺在家里等外卖，终于忍不住爆发了。我拿起手机打给妻子，电话一接通，我就劈头盖脸地发泄了一顿。难道你以为我喜欢过这样的生活吗？在那种医院里上班，你以为我的良心就不会受谴责吗？我每天在这样险象环生的地方工作，还不都是为了你和女儿！不然要怎么生活？你以为容易吗？这个社会就是这样，免不了会有被淘汰的人，也会有受害者，我辛辛苦苦工作都是为了我们一家人！现在我只不过就是累了，想休息一下，这样你也不支持我？你到底在哪里？还不给我赶紧回来！

那天晚上，妻子和女儿很晚才回到家里。两个人坐在我面前，一脸的心灰意冷。妻子说先给各自一段时间冷静，医院的事情查清楚之前，她不会再去指责什么。我同意了，然后低头看向女儿，想要看到她表示顺从的目光。女儿也抬起她的小眼睛看着我。性格、气质、外貌统统和我不一样的女儿,唯一遗传到我的就是那双小眼睛,这让我尤为不喜欢。要是其他方面像我,眼睛像她妈妈那该有多好!心里头的这个想法突然就从嘴里蹦了出来。

"你要好好听爸爸的话,这样上大学前我就给你做双眼皮手术。"

"怎么?连我也要杀吗?"

女儿满不在乎的一句话,让我和妻子顿时怔住了。我一时间说不出话来,身体开始颤抖。但女儿并没有收回她那轻蔑的目光。就在那一刻,我的手掌不自觉地举了起来。妻子连忙挡在我和女儿中间。她一边挡住我颤抖不止的身体,一边朝我不断喊着什么,但这时我已经什么也听不进去了。妻子拼命把我推开,不让我冲向女儿。我条件反射地一把推开妻子,她发出一声短促的尖叫,身体撞到了柜子上。

等我回过神来时,女儿已经坐在昏倒在地的妻子身旁,正慌慌张张地往哪儿打电话。我一下子瘫坐在了地上,愣愣地看着眼前难以置信的一幕。

医生建议妻子治疗完撞伤的地方后,最好再住院休息几天。妻子躺在单人病房的病床上,眼神空洞,一直避开我的视线。我为自己犯的错向她赔罪道歉,并向她保证不会再犯了,可她还是一声不吭,保持着沉默。妻子不想看见我,转过身去面朝窗户。我坐在监护人座椅上,用手掌揉搓着脸,强忍住眼泪,垂下了头。

不知道过了多久，妻子突然说道：

"你以为你这是在守护我们吗？"

我抬起头，一眼就看到倚在病床旁妻子浮肿的脸。

"为了守护我们而做的那些事……你以后可以不用再做了。"

"……什么意思？"

她闭上了眼睛。我默默地缓了口气。

"你想要守护家人的话，首先要做的就是对家人坦诚。"

她希望我告诉她真相，但我还是无法满足她。我怕我一开口说出那些曾经犯下的过错，她就会做出最终决断。因此我什么话也说不出来。

几天后，出院的妻子似乎又回到了原来的样子，虽然看着还有几分心灰意冷，但我相信时间会冲淡这一切。正好这时医院也让我回去上班了，于是我就像什么事也没有发生过一样，重新回到了岗位上。

但当我下班回到家里一看，妻子和女儿都不见了。一切都完了。

我也完了。妻子和女儿不知道去了哪儿，电话也不接。曾经的我一心想要逃离童年那个凄惨的家，组建一个属于自己的完整家庭，可是现在这一切都毁了。如果不把自己灌醉，我根本无法入睡。

因为连着几天没去上班，院长给我打来了电话。我冲着电话嚷道，我的家散了，我也快疯了。院长嘲笑道，那你就永远歇着吧。对于院长而言，我说的话都只是胡囔囔而已。但我决定要给他点教训,他当我是废物,那我也要把他拉下水,好像只有这样做,才能稍微弥补一下我的人生。

我收集了有关医院非法行医的资料,上传到了云端账号,同时还在一直寻找妻子和女儿的下落。即便这样,我的状态还是越来越糟。在调查医院的非法行径时,我不得不直面自己那些不光彩的过去。对妻子和女儿的愧疚,加上对我"杀死"的患者的愧疚,两种愧疚交织在一起,紧紧扼住了喉咙,使我感到了痛苦和恶心。这时候,只有酒精能让我暂时逃避这一切。于是,再也无法承受的我开始天天浸泡在酒精里,渐渐地,它已经严重影响到了我的日常生活。最后,我不得不在寻找妻女之前,先把自己找回来。

得知妻子和女儿在大邱的消息时,我正在贴满封条的家中独自苟延残喘着。我用尽全身最后一点力气收拾好行李,来到了首尔站。我握着前往大邱的列车票,正在等待进站,可是只要我一想到在检票口那头妻子和女儿的脸,全身就不由得哆嗦起来。在冒了一阵冷汗之后,我撕掉了车票,转身飞奔起来。我来到洗手间里呕吐,然后直接就那样昏了过去。

等我醒来时,身上只剩下了裤子和衬衫。高档外套、手工皮鞋、钱包、随身包早已被人偷走了。我光着脚站了起来,看着洗手间里的镜子。镜中又出现了妻子和女儿的面容。当她们的脸又重新变成了我自己迷茫的脸时,我用头撞了上去。

从那以后,我再也无法踏出首尔站半步了。人们叫我"流浪汉",流浪汉们叫我"独孤"。这是死去的老人的名字,作为我的新名字也还不错。

到了首尔站后,我入住了会贤洞一家有浴缸的旅馆。往浴缸里放满热水后,我躺了进去,将整个身体都泡在热水中。当泡到皮肤表面密密麻麻地沁出汗珠的时候,我喝了口玉米须茶。直到把买来的四瓶玉米须茶全部喝完,我才在浴缸里好好地洗了一遍身体。接着,我用力撒了泡尿,像要把体内所有的脏东西都排出来似的。然后重新冲了个澡,刷了牙,从浴室出来后就上床睡觉了。

第二天早上醒来,我穿好衣服来到街上。肚子虽然有点饿,但是空腹的感觉也挺好的。一旦开始空腹,我可以连着几天都不吃东西,这样更有助于保持头脑清醒。

首尔站映入眼帘,我的心脏突然开始跳得很快。又过了几个红绿灯之后,我来到首尔站广场。不知道什么团体正在给流浪汉们发放口罩。流浪汉戴着口罩的样子看上去极其别扭。这么做是为了流浪汉吗,还是为了防止他们成为感染源?或者两者兼有吧。戴上口罩后,每个人看起来都一样,都只是一种叫作"人类"的病毒,任何人都可能会被感染或者成为感染源。这种病毒在地球上已经肆虐了数万年。

买好去大邱的列车票后,我不禁又想起四年前在这里晕倒的情景。但这一次我不是一个人。不远处,老板提了一个装着便当的便利店塑料袋向我走来。尽管我说不用来送行，她还是坚持要来。她说既然是在首尔站见面的，就要在首尔站分别，这个说法似乎也合情合理。我被说服了。事实上我也迫切需要老板的帮助。万一我又把车票撕掉，然后冲到洗手间里把自己撞晕了呢，我希望到时候老板能阻止这一切发生。

"都是你爱吃的。"

老板递给我一个塑料袋，里面装着"山珍海味"便当和玉米须茶。我呆呆地看了会儿，说不出任何话来。

"去大邱以后，就可以证明你是医生了吧？"

"已经打电话……确认过了。"

在韩国这个国家，即便医生犯了谋杀或性侵这样的罪行，也不会吊销他的医师执照。所以，医师执照又有"不死鸟执照"之称。为什么？因为医疗界人士和法律界人士的关系好。说不定正是仗着这一点，我们才会干出那些龌龊事来。利用这可怕的特权去杀人和救人，渐渐地，也许就真把自己当成一个全知全能的神了。我曾经有一位患者，在手术之后成功当上了艺人，人们都说她是出自"医神"之手。但其实我只是一个人，一个目中无人的人，一个丧尽天良的人，一个自私自利的家伙罢了。

"我本来是不想放你走的，可你说要去大邱做志愿者，在这节骨眼上我又怎么能拦你呢？我了解你的为人，所以去了那边你也能干得不错，多保重身体吧。"

"……这都多亏了您。要不是您……我到现在还睡在这儿……更别说什么去大邱了。"

"那我这是不是也算给抗疫出了一份力？"

"当然了。"

自从当了医生，我一次也没做过志愿者，但现在我要去驰援大邱了。这时，我的脑海里又浮现出昨天去祭奠那位躺在骨灰盒里的患者。虽然去大邱并不能赎我的罪，却是一个让我铭记罪行，继续生活下去的方法。以后我也还会继续寻找这样的方法活下去。

"人们戴上口罩后变得比以前安静了。"

"是啊。"

"大家都自说自话，各个都自以为是地吵着闹着，可这个社会又不是中学教室。也许地球就是为了让人类闭嘴，才发生了这场瘟疫吧。"

"还有不戴口罩……也吵吵闹闹的人。"

"这种家伙就该挨骂。"

"啊……哈哈。"

我不自觉地笑了起来。

"有说戴口罩不方便的，也有说因为疫情这个那个不方便的，还有说自己想怎样就怎样的，可是这个社会本来就是这样啊，生活本来就是不方便的。"

"好像是……这样的。"

"你知道吗？附近的居民都说我们的便利店是'不便的便利店'。"

"原来您也……知道啊。"

"当然了，货架上的商品种类不齐全，特价活动也比其他地方要少得多，还不像那些小商店能讨价还价，总之各方面都很不方便。"

"不便的……便利店……"

"但你来了之后就有所改善了，无论是对客人还是对我来说。只是，现在又要变得不方便了。"

"为什么……呢？"

"你说呢？去大邱办完事就回来吧。"

我尴尬地笑了笑。也许是会了我的意，老板拍了拍我的背，说："还是算了。我刚才说什么来着，人哪，就该尝一尝不方便的滋味。所以，我们便利店变回原来那样是对的，你千万不要回来了。"

"……好。"

"不要光顾着做志愿者，家人也要见一见。"

嗯？我对老板说过妻子和女儿在大邱吗？难道是我的记忆又开始模糊了？

她是怎么察觉出我的心思来的呢？老板很像她所信奉的那位神。在这世界上被赋予神圣力量的人不是"医神"，而是像老板那样善解人意的人。

快到发车时间了，我却迟迟迈不开脚步，好似有块隐形的磁铁从后面吸着我，让我动弹不得。我战战兢兢地站在老板身旁，仿佛她就是我的吸氧机。

"去吧，站太久，我也累了。"

我转过身，看着老板。这是把我撇下之后消失的妈妈吗？是照顾了我一段时间后去世的亲奶奶吗？她是谁？我抱着她，低声说：

"您救了……一个……本来该死的人。虽然很惭愧……但我会继续活下去的。"

她默默地抱着我，用瘦小的手掌拍了拍我的背。

过了检票口后，我头也不回地快步走到站台。找到座位坐下之后，我的眼泪就开始止不住地往下流。我希望火车赶紧出发，然后飞快地奔跑起来，快到把我的眼泪带走，快到一口气就能到达大邱。不知道是不是听见了我迫切的心愿，火车缓缓启动了。出了首尔站之后从窗外望去，似乎能看到去便利店的路，好像还能看见那个叫青色山坡的青坡洞，还有那家极不便利的便利店。

火车开上了汉江铁桥。上午的阳光映射在水面上，熠熠生辉。

虽然我说自己成为流浪汉以后，就再也没有离开过首尔站和那附近一带，但其实有一次例外。那次我去了汉江，爬上大桥后，想要纵身跳下去，但最后还是以失败告终。我原本打算在便利店度过今年冬天之后，就从麻浦大桥或者元晓大桥上跳下去。但现在我明白了——

江，不是用来投的，而是用来渡的。

桥，不是让人跳的，而是让人过的。

泪水依旧不止。虽然感到无地自容，但我决定活下去，带着负罪感一直活下去。抛弃一己私欲，尽力去帮助他人，奉献出自己的一切，尽我所能去拯救别人。为了弥补我的过错，我会努力寻找家人，向她们真诚地道歉，如果她们不想见到我，那么我会把这份歉意埋在心底，然后转身离开。我会记住，不管怎样生活都是充满意义的，生活也是一直在继续的，纵使生活不易，我仍要坚持。

火车驶过汉江，我的眼泪止住了。

致谢

  感谢给予我作品灵感的吴平锡老师、负责审校的郑宥利老师、GS25文来格兰德店、提供构思的卞龙均老师和刘正浣老师、分享手工啤酒知识的郑贤哲老师、把故事整编成书的namubench出版社李秀澈代表和河智顺主编及各位员工、负责封面设计的潘智秀老师、写推荐词的郑汝蔚作家、提供创作室的土地文化馆馆长金世熙老师及各位相关人员。在此，我谨向所有人献上诚挚的感谢。（以上所有人名、店名等固有名词均为音译。）

金浩然
二〇二一年春

图书在版编目（CIP）数据

不便的便利店 /（韩）金浩然著；朱萱译 . —杭州：浙江教育出版社，2023.2（2024.12 重印）
ISBN 978-7-5722-4903-7

Ⅰ.①不… Ⅱ.①金… ②朱… Ⅲ.①长篇小说—韩国—现代 Ⅳ.① I312.645

中国版本图书馆 CIP 数据核字 (2022) 第 224240 号

Copyright © 2021 by Ho-yeon Kim
All rights reserved.

Korean edition was originally published in Korea by Namu Bench
This simplified Chinese language edition is published by arrangement with Namu Bench through KL Management, Seoul Korea
Simplified Chinese translation copyright © 2023 by Beijing Xiron Culture Group Co., Ltd.
版权合同登记号 浙图字：11-2022-408

不便的便利店
BUBIAN DE BIANLIDIAN

[韩] 金浩然 著　朱萱 译

责任编辑：赵清刚
美术编辑：韩　波
责任校对：马立改
责任印务：时小娟
出　　版：浙江教育出版社
　　　　　杭州市环城北路 177 号　电话：0571-88900883
印　　刷：河北鹏润印刷有限公司
开　　本：880mm×1230mm　1/32
成品尺寸：145mm×210mm
印　　张：8.75
字　　数：123 千
版　　次：2023 年 2 月第 1 版
印　　次：2024 年 12 月第 18 次印刷
标准书号：ISBN 978-7-5722-4903-7
定　　价：45.00 元

如发现印装质量问题，影响阅读，请联系 010-82069336。